レイトン ミステリー探偵社

カトリーのナゾトキファイル

第《だい》1話《わ》

カトリーエイルと不《ふ》思《し》議《ぎ》な家《いえ》

館《やかた》に隠《かく》された
ナゾとは――?

第《だい》2話《わ》

カトリーエイルと悪魔《あくま》のドレス

悪魔《あくま》のドレスが

引《ひ》き起《お》こす事件《じけん》とは…

カトリーが

見《み》つけたものは──!?

第《だい》3話《わ》

カトリーエイルと蘇《よみがえ》る死体《したい》

まさかの

ゾンビが現《あらわ》れて!?

レイトン ミステリー探偵社
～カトリーのナゾトキファイル～①

氷川一歩／著
日野晃博／原作
レベルファイブ／原案・監修

★小学館ジュニア文庫★

レイトン ミステリー探偵社

カトリーのナゾトキファイル

CHARACTERS《キャラクターズ》

カトリーエイル・レイトン

ナゾトキや不思議《ふしぎ》な事件《じけん》が
大好《だいす》きな明《あか》るい女《おんな》の子《こ》。
父《ちち》は世界的《せかいてき》に有名《ゆうめい》な探偵《たんてい》・レイトン教授《きょうじゅ》。

シャーロ

喋《しゃべ》る犬《いぬ》。不思議《ふしぎ》な
ことにカトリーやノア
とは話《はなし》ができる。

ノア・モントール

カトリーの助手《じょしゅ》。
カトリーを尊敬《そんけい》しているが、
バイト扱《あつか》いされている。

ダージリン・アスポワロ

スコットランドヤードの警部《けいぶ》。
事件《じけん》をカトリーに持《も》ち込《こ》むことがある。

ジェラルディン・ロイヤー

天才《てんさい》と言《い》われる事件《じけん》の分析官《ぶんせきかん》。
カトリーのことをライバル視《し》している。

CONTENTS《コンテンツ》

第《だい》1話《わ》

カトリーエイルと不《ふ》思《し》議《ぎ》な家《いえ》

7

第《だい》2話《わ》

カトリーエイルと悪《あく》魔《ま》のドレス

71

第《だい》3話《わ》

カトリーエイルと蘇《よみがえ》る死《し》体《たい》

127

第《だい》1話《わ》

カトリーエイルと不思議《ふしぎ》な家《いえ》

1

ロンドンで一番素敵《いちばんすてき》な通《とお》りと呼《よ》ばれているトレーヌ通《どお》りを、1台《だい》の自転車《じてんしゃ》が風《かぜ》を切《き》って駆《か》け抜《ぬ》けていく。

前《まえ》かごにはお菓子《かし》がたくさん詰《つ》まった紙袋《かみぶくろ》を山盛《やまも》りに、下《くだ》り坂《ざか》でも元気《げんき》いっぱいにペダルをこいで颯爽《さっそう》と駆《か》け抜《ぬ》けていくのは、1人《ひとり》の女《おんな》の子《こ》。

彼女《かのじょ》が急《いそ》いで向《む》かっている場所《ばしょ》は——。

……✦……✦……✦……

ドンドンドンドン！　と男《おとこ》の人《ひと》が扉《とびら》を激《はげ》しく叩《たた》いていた。

赤毛《あかげ》の髪《かみ》は綺麗《きれい》にセットされ、胸元《むなもと》にはハンカチーフ、鷹《たか》をかたどったネクタイピンなどを身《み》につけて、身《み》だしなみを綺麗《きれい》に整《ととの》えた大人《おとな》の男性《だんせい》だ。

けれど今《いま》は、どこか急《いそ》いでいるように、あるいは困《こま》っているような表情《ひょうじょう》で、事務所《じむしょ》のドアを激《はげ》しくノックしていた。

そこはトレーヌ通《どお》りの一角《いっかく》にある1軒《けん》の事務所《じむしょ》。

顔《かお》を上《あ》げれば、看板《かんばん》に『LAYTON《レイトン》 DETECTIVE《ディテクティブ》 AGENCY《エージェンシー》』と大《おお》きく書《か》かれていることに気《き》づくだろう。

ほどなくして。

「はい？」

扉《とびら》が開《あ》いて、少年《しょうねん》が姿《すがた》を現《あらわ》した。

ブルーのベストに蝶《ちょう》ネクタイ。力強《ちからづよ》くてたくましい――とはお世辞《せじ》にも言《い》えないが、穏《おだ》やかで人《ひと》の良《よ》さそうな少年《しょうねん》である。

そんな少年《しょうねん》の印象《いんしょう》が正《ただ》しいことを証明《しょうめい》するように、彼《かれ》は訪《たず》ねてきた男《おとこ》を目《め》にすると、表情《ひょう》情《じょう》を緩《ゆる》めて笑顔《えがお》を見《み》せた。

「いらっしゃいませ。当探偵社《とうたんていしゃ》にご依頼《いらい》の方《かた》ですか？」

「はい。私《わたし》はサイモン・ライトと申《もう》します」

扉《とびら》を叩《たた》いていた男《おとこ》――サイモン・ライトは少年《しょうねん》に名《な》を告《つ》げると、「レイトン先生《せんせい》に、ある〝ナゾの解決《かいけつ》〟をお願《ねが》いしたいのです」と言《い》ってきた。

「レイトン先生《せんせい》は今《いま》、いらっしゃいますか？」

サイモンは待《ま》ちきれないとばかりに事務所《じむしょ》の中《なか》を覗《のぞ》き込《こ》んで、少年《しょうねん》に尋《たず》ねた。

「レイトン先生《せんせい》……」

けれど少年《しょうねん》は、なんのことだろうと言《い》わんばかりにきょとんとしている。

「世界中《せかいじゅう》のナゾを次々《つぎつぎ》に解明《かいめい》して一躍有名《いちやくゆうめい》になった、あのレイトン先生《せんせい》ですよ！」

「あ、あ～……あのレイトン先生《せんせい》ですね……」

もの凄《すご》い剣幕《けんまく》で詰《つ》め寄《よ》られた少年《しょうねん》は、サイモンの勢《いきお》いに圧倒《あっとう》されるかのように愛想笑《あいそわら》いを浮《う》かべた。

「とにかく、中《なか》へどうぞ」

事務所《じむしょ》の中《なか》へ招《まね》き入《い》れられたサイモンが、所在《しょざい》なげな態度《たいど》で室内《しつない》を見渡《みわた》せば、来客用《らいきゃくよう》と思《おも》われるソファの上《うえ》に１匹《ぴき》の犬《いぬ》がくつろいでいた。

「シャーロさん、そこはお客様用《きゃくさまよう》ですよ」

「ウォウウォウ」

くつろいでいた犬《いぬ》のシャーロは「気持《きも》ち良《よ》く寝《ね》てたのに」と言《い》わんばかりに不服《ふふく》そうな鳴《な》き声《ごえ》を上《あ》げて、ぴょんとソファから飛《と》び降《お》りた。

そんなシャーロの態度《たいど》に苦笑《くしょう》して、少年《しょうねん》は事務所《じむしょ》の中《なか》をキョロキョロと見渡《みわた》していたサイモンに向《む》き直《なお》る。

「僕《ぼく》は助手《じょしゅ》のノア。ノア・モントールと申《もう》します」

少年《しょうねん》――ノアの自己紹介《じこしょうかい》に、サイモンは「そうでしたか」と頷《うなず》き、納得《なっとく》した。もしかすると、サイモンはノアのことをレイトン先生《せんせい》と思《おも》っていたのかもしれない。

「いきなり飛《と》び込《こ》んできて失礼《しつれい》しました」

「いえいえ」

「それにしても……」

サイモンは改《あらた》めて事務所《じむしょ》の中《なか》を見渡《みわた》した。

さんさんと輝《かがや》く太陽《たいよう》の日差《ひざ》しが飛《と》び込《こ》む大《おお》きな窓《まど》、持《も》ち主《ぬし》の知的好奇心《ちてきこうきしん》を表《あらわ》すかのようにジャンルを問《と》わず集《あつ》められた本《ほん》、ゆったりとしたソファなどなど、素敵《すてき》な家具《かぐ》が揃《そろ》った事務所《じむしょ》であることは間違《まちが》いない。

ただ――。

「あの有名《ゆうめい》なレイトン先生《せんせい》の事務所《じむしょ》にしては、何《なに》かこう、こぢんまりしているような気《き》がするのですが……」

そんな感想《かんそう》を、サイモンが口《くち》にしたときだった。

「どわっ！」

背後《はいご》で勢《いきお》いよく開《あ》いた扉《とびら》に押《お》され、サイモンは吹《ふ》っ飛《と》ばされてしまった。

「ただいまっ！」

元気《げんき》いっぱいの声《こえ》を上《あ》げたのは、両手《りょうて》いっぱいに紙袋《かみぶくろ》を抱《かか》えた女《おんな》の子《こ》。

「……ありゃ？　誰《だれ》？」

その女《おんな》の子《こ》が、床《ゆか》にひっくり返《かえ》っているサイモンに気《き》づいて首《くび》を傾《かし》げた。

「お客様《きゃくさま》ですよ！」

「おおっ！」

サイモンへの粗相《そそう》に慌《あわ》てた声《こえ》を上《あ》げるノアだが、女《おんな》の子《こ》は自分《じぶん》の失態《しったい》なんてお構《かま》いなしの歓声《かんせい》を上《あ》げた。

「大変失礼《たいへんしつれい》いたしました。レイトン探偵社《たんていしゃ》へようこそ！」

……◆……◆……◆……

「南部《なんぶ》から取《と》り寄《よ》せた、おいしいアールグレイです。どうぞ」

「あ、ありがとうございます」

ノアが淹《い》れた紅茶《こうちゃ》を受《う》け取《と》りつつも、サイモンは自分《じぶん》をひっくり返《かえ》した女《おんな》の子《こ》を目《め》で追《お》っていた。

ポールハンガーに帽子《ぼうし》とコートを掛《か》けると、テーブルの上《うえ》に置《お》いてあった『時代《じだい》で見《み》る世界《せかい》の高級《こうきゅう》アクセサリー』といったタイトルの本《ほん》や、新聞記事《しんぶんきじ》でも切《き》り抜《ぬ》いてファイルしていたらしいスクラップブックなどを片付《かたづ》け、その下《した》に隠《かく》れていたメモ帳《ちょう》を手《て》に取《と》り、サイモンの向《む》かいの椅子《いす》に腰《こし》を下《お》ろした。

まるで、今《いま》から聞《き》き取《と》り調査《ちょうさ》を始《はじ》めます！　といった具合《ぐあい》だ。

「さて、それでどうなさいました？」

「え……？」

さも当然《とうぜん》、とばかりの態度《たいど》で質問《しつもん》してきた少女《しょうじょ》に、サイモンは首《くび》を傾《かし》げた。

「あの……レイトン先生《せんせい》は……？」

「はい？」

サイモンの質問《しつもん》に、少女《しょうじょ》は自分《じぶん》を指《ゆび》さした。

何《なに》をおっしゃいますやら、とばかりに手《て》を振《ふ》るサイモン。

「いやいやいや」

「レイトン先生《せんせい》といえば、あの大《おお》きなシルクハットをかぶった……」

サイモンはシルクハットの形《かたち》をジェスチャーで示《しめ》すと、少女《しょうじょ》は席《せき》を立《た》ってポールハンガーに掛《か》けてあった自分《じぶん》の帽子《ぼうし》を手《て》に取《と》り、頭《あたま》にかぶって見《み》せた。

確《たし》かに形《かたち》は——大《おお》きさこそ違《ちが》うが——同《おな》じ……かもしれない。

それでも、そんなはずはない。

だってサイモンが知《し》っているレイトン先生《せんせい》とは、ずっと大人《おとな》な英国紳士《えいこくしんし》なのだから。

「……いやいやいやいや」

「マジマジマジ！」

いったい何《なに》がマジなのか、サイモンは困《こま》ったように眉尻《まゆじり》を下《さ》げた。

「あの……ここって世界中《せかいじゅう》のナゾを解《と》いたことで有名《ゆうめい》な、レイトン先生《せんせい》の探偵社《たんていしゃ》でよろしいんですよね……？」

サイモンがそう尋《たず》ねた直後《ちょくご》、少女《しょうじょ》はピクッと眉根《まゆね》を寄《よ》せた。

「うーん、実《じつ》はですね……つまるところ、父《ちち》よりも私《わたし》の方《ほう》が推理力《すいりりょく》が上《うえ》なんです！」

「父《ちち》……？　あー、レイトン先生《せんせい》の娘《むすめ》さんでしたか！」

そういうことならば、確《たし》かに少女《しょうじょ》も〝レイトン〟なのは間違《まちが》いない。

だが、サイモンが頼《たよ》りたいのは、娘《むすめ》の方《ほう》ではなく父《ちち》の方《ほう》だ。

「では、お父様《とうさま》はどちらに？」

周囲《しゅうい》を見渡《みわた》しながら、サイモンは尋《たず》ねる。ぴくぴくっ、と少女《しょうじょ》が眉《まゆ》をひそめていることにも気《き》づかずに。

「ところがどっこい、〝レイトン〟は私《わたし》でして……」

「それは娘《むすめ》さんだからそうでしょうけど、私《わたし》はお父《とう》さんのレイトン先生《せんせい》に――」

「だぁーかぁーらぁーっ！」

直後《ちょくご》、我慢《がまん》の限界《げんかい》とばかりに少女《しょうじょ》は怒鳴《どな》り声《ごえ》を張《は》り上《あ》げてサイモンに詰《つ》め寄《よ》った。

「私《わたし》がこの事務所《じむしょ》の主人《しゅじん》！　カトリーエイル・レイトンですがっ‼」

「まあまあカトリーさん！」

鬼気迫《ききせま》る剣幕《けんまく》で詰《つ》め寄《よ》られたサイモンが椅子《いす》ごとひっくり返《かえ》るのを見《み》て、ノアが慌《あわ》てて止《と》めに入《はい》った。このままカトリーが暴《あば》れて、サイモンに怪我《けが》をさせてしまっては大変《たいへん》だ。

「ひとまず、娘《むすめ》であるカトリーさんがお話《はなし》を伺《うかが》います。もう少《すこ》し、詳《くわ》しく話《はな》していただけませんか」

「は、はい……」

カトリーの剣幕《けんまく》とノアの申《もう》し出《で》もあって、サイモンはコクコクと頷《うなず》いた。

「ふんっ！　はい、じゃあ話《はな》してください」

不愉快極《ふゆかいきわ》まりないと言《い》わんばかりの態度《たいど》で話《はなし》を促《うなが》すカトリー。

「はい。私《わたし》、どうも呪《のろ》われた家《いえ》を買《か》ってしまったみたいなのです」

そう言《い》いながら、サイモンは上着《うわぎ》の胸《むね》ポケットから1枚《まい》の写真《しゃしん》を取《と》り出《だ》してテーブルの上《うえ》に置《お》いた。

「家族《かぞく》が全員《ぜんいん》、家《いえ》の中《なか》で忽然《こつぜん》と姿《すがた》を消《け》してしまいました」

「忽然《こつぜん》と姿《すがた》を消《け》した!?」

不機嫌《ふきげん》だったカトリーが、ぴくりと反応《はんのう》する。

「それで？」

やや身《み》を乗《の》り出《だ》して話《はなし》の続《つづ》きを促《うなが》すと、そんなカトリーの反応《はんのう》に気《き》づいていないのか、サイモンは頭《あたま》を抱《かか》えた。

「このままでは……きっと私《わたし》も家《いえ》の餌食《えじき》になって呑《の》み込《こ》まれてしまいます！」

「ほほう！　それは大事件《だいじけん》ですね！」

不機嫌《ふきげん》から一転《いってん》、目《め》をキラキラさせながらカトリーは前《まえ》のめりになった。

「あれ……？　もしかして、信《しん》じてないですか……？」

「かんっぜんに信《しん》じてますっ！」

不安《ふあん》げなサイモンに、カトリーはさらに身《み》を乗《の》り出《だ》して断言《だんげん》した。

「っていうか、正直《しょうじき》そういうのを待《ま》っていたんですよ！」

興奮気味《こうふんぎみ》にテーブルをバンバン叩《たた》き、カトリーは改《あらた》めてメモ帳《ちょう》とペンを手《て》にしてサイモンの隣《となり》に移動《いどう》した。

「さあ！　落《お》ち着《つ》いて話《はなし》を聞《き》かせてください！」

「……カトリーさんこそ、落《お》ち着《つ》いてください……」

ふんすーっ！　と鼻息《はないき》も荒《あら》いカトリーに、ノアはため息《いき》を吐《つ》いた。

「私《わたし》たち家族《かぞく》は、ついに夢《ゆめ》のマイホームを手《て》に入《い》れて舞《ま》い上《あ》がっておりました」

そんな言葉《ことば》から、サイモンは〝事件《じけん》〟のあらましを語《かた》り始《はじ》めた。

最初《さいしょ》の頃《ころ》は——家《いえ》を手《て》に入《い》れたときは、達成感《たっせいかん》と充実感《じゅうじつかん》から喜《よろこ》んでいた。家《いえ》の前《まえ》で愛《あい》する妻《つま》と2人《ふたり》の娘《むすめ》とともに写真《しゃしん》を撮《と》ったりもして、大事《だいじ》にしていこうと思《おも》っていた。

「ところが、その家《いえ》は恐《おそ》ろしい家《いえ》だったのです」

サイモンは家族《かぞく》と一緒《いっしょ》に撮影《さつえい》した家《いえ》の写真《しゃしん》に視線《しせん》を落《お》とした。

大切《たいせつ》な我《わ》が家《や》。

しかし今《いま》になってみれば、その家《いえ》は人間《にんげん》を呑《の》み込《こ》むような、恐《おそ》ろしくも不気味《ぶきみ》な家《いえ》に見《み》えて仕方《しかた》がない。

……◆……


「おい、どこだ⁉ サマンサ！ リンダ！ ブレッダ！」

ある日《ひ》のこと、家《いえ》の中《なか》から愛《あい》する家族《かぞく》が一人《ひとり》、また一人《ひとり》と消《き》えていた。

どこかへ出《で》かけている――とは考《かんが》えにくい。そういうときは、どこへ行《い》くのか一言《ひとこと》くらいあるはずだからだ。

サイモンは不安《ふあん》に思《おも》い、玄関《げんかん》ホールからリビング、寝室《しんしつ》、書斎《しょさい》、あちこちを捜《さが》し回《まわ》った。家《いえ》の中《なか》にいるのは間違《まちが》いないからだ。

けれど、妻《つま》や子供《こども》たちを見《み》つけ出《だ》すことができなかった。

ついにサイモンは、家族《かぞく》の捜索《そうさく》をスコットランドヤードの刑事《けいじ》にも依頼《いらい》したのだが、気《き》がつけば彼《かれ》も消《き》えていたのだった。

……　◆　……

「昨日《きのう》などは、家《いえ》のどこからかうめき声《ごえ》が聞《き》こえてきたんです！　やはりあそこは呪《のろ》われているんだ……！」

サイモンは頭《あたま》を抱《かか》え、心底怯《しんそこおび》えている。その態度《たいど》は、とても嘘《うそ》や冗談《じょうだん》を言《い》っているようには見《み》えなかった。

「……それは――」

サイモンの話《はなし》に、ノアがゴクリと喉《のど》を鳴《な》らした。

「――かなり、恐《おそ》ろ……」

「面白《おもしろ》そうですねっ！」

「ええっ!?」

両目《りょうめ》をランランと輝《かがや》かせるカトリーに、顔色《かおいろ》を青《あお》くしていたノアは驚《おどろ》いた。

「人《ひと》を食《く》らう呪《のろ》われた家《いえ》のナゾ！　その依頼《いらい》、この私《わたし》、カトリーエイル・レイトンが引《ひ》き受《う》けましょう！」

2

サイモンの案内《あんない》でカトリーとノア、そして犬《いぬ》のシャーロも一緒《いっしょ》に問題《もんだい》の家《いえ》へとやってきた。

先《さき》ほどまで晴《は》れていた空模様《そらもよう》は急《きゅう》に曇《くも》り出《だ》し、今《いま》にも雨《あめ》が降《ふ》ってきそうで薄暗《うすぐら》い。そんな天気《てんき》の影響《えいきょう》もあってか、〝人《ひと》を食《く》らう〟などと言《い》われる家《いえ》は、なんだかとても恐《おそ》ろしい場所《ばしょ》のようにも感《かん》じられた。

「ここですか」

「はい……」

ダテ虫眼鏡《むしめがね》を通《とお》してサイモンの家《いえ》を眺《なが》めるカトリーは、しかし恐《おそ》ろしい場所《ばしょ》とはつゆとも思《おも》っておらず、むしろ興味深《きょうみぶか》いナゾを演出《えんしゅつ》する舞台《ぶたい》と思《おも》っているようで、期待《きたい》に満《み》ちあふれた表情《ひょうじょう》を浮《う》かべていた。

「素敵《すてき》な家《いえ》ですねぇ」

「こぢんまりでもいいから、家族《かぞく》でマイホームに住《す》むのが夢《ゆめ》でしたから」

カトリーの率直《そっちょく》な感想《かんそう》に、少《すこ》し自慢《じまん》げに答《こた》えるサイモン。けれどその表情《ひょうじょう》は、すぐに愁《うれ》いを帯《お》びた。

「……これは、誰《だれ》の力《ちから》も借《か》りずに手《て》に入《い》れた、私《わたし》たちの財産《ざいさん》なんです……」

そう続《つづ》けるサイモンの言葉《ことば》には、何《なに》か含《ふく》みがありそうで——。

「地道《じみち》に働《はたら》いて、やっと手《て》にした自分《じぶん》の城《しろ》、というわけですね」

——けれどノアは、そんなサイモンの言葉《ことば》を素直《すなお》に受《う》け取《と》って感心《かんしん》した。

「でも……」

だが、カトリーは違《ちが》う。

「アナタは、こんな家《いえ》の1軒《けん》や2軒《けん》、簡単《かんたん》に買《か》えるような、かなり裕福《ゆうふく》な家庭《かてい》に育《そだ》ったんじゃないですか？」

「えっ？」

思《おも》いもよらぬ発言《はつげん》に驚《おどろ》くサイモンへ、カトリーは小《ちい》さく笑《わら》って言葉《ことば》を重《かさ》ねた。

「違《ちが》いますか？」

「……はい、その通《とお》りです」

カトリーの指摘《してき》を認《みと》めて頷《うなず》くサイモンだったが、自分《じぶん》の身《み》の上《うえ》は何《なに》も話《はな》していない。どうしてわかったのか、不思議《ふしぎ》でならなかった。

「探偵《たんてい》のカン……ってヤツですか？」

「なんでそんなことがわかるんですか、カトリーさん⁉」

ノアも一緒《いっしょ》になって問《と》いただせば、カトリーは「推理《すいり》ですよ、推理《すいり》」と、こともなげに言《い》い切《き》った。

「サイモンさん。アナタのそのネクタイピンは、すでに亡《な》くなった装飾職人《そうしょくしょくにん》クラレイ・ブリッツ氏《し》の作品《さくひん》ですよね。彼《かれ》の作品《さくひん》はすべてオーダーメイドで希少価値《きしょうかち》が高《たか》い。その当時《とうじ》でも家《いえ》を買《か》えるほどの値段《ねだん》がついていたはず。アナタがそんな高価《こうか》な物《もの》を持《も》っているということは、さしずめ、親《おや》から譲《ゆず》り受《う》けた品《しな》といったところでしょう。ということは、その頃《ころ》、アナタの家《いえ》は相当《そうとう》のお金持《かねも》ちだったと考《かんが》えられます！」

「……っ！」

カトリーにグイグイ迫《せま》られてサイモンは思《おも》わずのけぞってしまったが、その推理《すいり》は何《なに》も間違《まちが》っていなかった。

「ネクタイピンだけでそこまで……！　すっ、凄《すご》いですね！」

これまで半信半疑《はんしんはんぎ》だったサイモンは、カトリーの鋭《するど》い推理《すいり》に感動《かんどう》した。これなら家族《かぞく》が行方不明《ゆくえふめい》になったナゾも解《と》き明《あ》かしてくれるかもしれない。

「では、中《なか》へどうぞ」

「気《き》をつけて！」

改《あらた》めて家《いえ》の敷地内《しきちない》に招《まね》き入《い》れるサイモンに対《たい》して、カトリーはダテ虫眼鏡《むしめがね》で家《いえ》や庭《にわ》を注《ちゅう》意深《いぶか》く見渡《みわた》しながら声《こえ》を上《あ》げた。

「人《ひと》が消《き》えるくらいですから、中《なか》に異次元《いじげん》へのワームホールが存在《そんざい》している可能性《かのうせい》もあります！」

「そうなんですか!?」

これまでなら笑《わら》い飛《と》ばすカトリーの発言《はつげん》も、見事《みごと》な推理《すいり》を披露《ひろう》された後《あと》では笑《わら》えない。

「家族全員《かぞくぜんいん》が消《き》えたっていう呪《のろ》われた家《いえ》ですからね、油断《ゆだん》はできません！」

「はっ、はい！」

本気《ほんき》とも冗談《じょうだん》とも取《と》れる発言《はつげん》でも、すっかりカトリーを信《しん》じ切《き》ったサイモンは疑《うたが》うこともしなくなっていた。

「……嫁《よめ》と子供《こども》に愛想《あいそ》を尽《つ》かされて逃《に》げられたってオチじゃないのか？」

そんなカトリーとサイモンを見《み》てなのか、なんだかひどいセリフがどこからともなく聞《き》こえてきた。

それはノアのセリフ――ではない。

この場《ば》にいるもう1人《ひとり》……いや、もう1匹《ぴき》と言《い》うべきか。

「シャーロさん。その言《い》い方《かた》は、人《ひと》としてヒドイですよ」

ノアはヒドイことを言《い》った相手《あいて》――犬《いぬ》のシャーロに、小声《こごえ》で注意《ちゅうい》した。

「俺《おれ》は犬《いぬ》だぞ」

と、答《こた》えたのはノアの足下《あしもと》にいる、犬《いぬ》のシャーロだった。

驚《おどろ》くべきことにこのシャーロ、一見《いっけん》すれば普通《ふつう》の犬《いぬ》だが、人《ひと》の言葉《ことば》を理解《りかい》し、さらには喋《しゃべ》ることもできる希有《けう》な犬《いぬ》だった。

「俺《おれ》の声《こえ》はカトリーやおまえみたいに聞《き》こえる奴《やつ》と、聞《き》こえない奴《やつ》がいる。あの依頼者《いらいしゃ》は聞《き》こえないタイプだろうよ」

それもそうかと苦笑《くしょう》するノア。

「……聞《き》こえていたら、完全《かんぜん》に失礼《しつれい》ですけどね」

「ところでサイモンさん、アナタに愛想《あいそ》を尽《つ》かしたお嫁《よめ》さんと娘《むすめ》たちが、逃《に》げ出《だ》したという可能性《かのうせい》は？」

「ズゴ――――ッ！」

聞《き》こえていないだろうと高《たか》をくくっていたのに、わざわざ通訳《つうやく》するみたいにサイモンへ問《と》いかけるカトリーに、シャーロもノアもズッコケた。

「それはないと思《おも》います」

対《たい》してサイモンは、さして気《き》を悪《わる》くするでもなく笑《わら》い飛《と》ばした。

「家族全員《かぞくぜんいん》、深《ふか》い絆《きずな》で結《むす》ばれていますから！」

グッ！　とサムズアップして答《こた》えるサイモン。

「ですよねー」

わかっていましたとばかりに頷《うなず》いて、カトリーはシャーロに白《しろ》い目《め》を向《む》けた。

「……やっぱ本当《ほんとう》にシャーロって失礼《しつれい》」

「俺《おれ》かい！」

カトリーにツッコミを入《い》れるシャーロ。

だが、サイモンには犬《いぬ》が急《きゅう》に吠《ほ》え出《だ》したとしか思《おも》えておらず、不《ふ》思《し》議《ぎ》そうな顔《かお》をして首《くび》を傾《かし》げていた。

そんなときだった。

どこからともなくエンジン音《おん》が聞《き》こえてきたかと思《おも》えば、ほどなくして1台《だい》の車《くるま》が家《いえ》の前《まえ》に停車《ていしゃ》する。

「ライトさん」

車《くるま》から降《お》りた男《おとこ》が、気《き》さくな態度《たいど》で語《かた》りかけてきた。

年《とし》の頃《ころ》ならサイモンと同《おな》じか、少《すこ》し下《した》くらいだろうか。ゆるくパーマのかかった髪《かみ》にお洒落《しゃれ》な顎《あご》ひげ、それにサングラスまで掛《か》けて、ダンディな印象《いんしょう》を受《う》ける。

誰《だれ》だろう――と、カトリーが疑問《ぎもん》に思《おも》った矢先《やさき》。

「家《いえ》の方《ほう》はどうですか？」

「不動産屋《ふどうさんや》……！　今《いま》は取《と》り込《こ》み中《ちゅう》だ、帰《かえ》ってくれ！」

思《おも》わぬ大《おお》きな声《こえ》に、カトリーはびっくりしてサイモンに目《め》を向《む》けた。何《なに》やらひどく怒《おこ》っているようだ。

「おや、何《なに》か問題《もんだい》でも？」

そんなサイモンの様子《ようす》に気《き》づいているのかいないのか、不動産会社《ふどうさんがいしゃ》の男《おとこ》は不思議《ふしぎ》そうにサイモンに問《と》いかけた。

「何《なに》か、だって？　もしこの物件《ぶっけん》に何《なに》か秘密《ひみつ》があったら訴《うった》えてやるからな！　呪《のろ》われた家《いえ》とか、そういう類《たぐい》の！」

「はい？」

怒《いか》りを隠《かく》そうともしないサイモンとは裏腹《うらはら》に、不動産会社《ふどうさんがいしゃ》の男《おとこ》はまるで理解《りかい》できないとばかりに首《くび》を傾《かし》げた。

「もういい！　皆《みな》さん、あんな奴《やつ》はほっといて家《いえ》に入《はい》りましょう」

踵《きびす》を返《かえ》して家《いえ》へと向《む》かうサイモン。

カトリーはサイモンの後《あと》に続《つづ》こうとして、でも不動産会社《ふどうさんがいしゃ》の男《おとこ》が気《き》になって振《ふ》り返《かえ》った。

見《み》れば、顎《あご》に手《て》を当《あ》てて何《なに》やら考《かんが》え込《こ》んでいる様子《ようす》。サイモンに怒鳴《どな》られた理由《りゆう》がわからずに、思《おも》い悩《なや》んでいるのだろうか。

(……あれ?)

そのとき、カトリーは男《おとこ》の手元《てもと》にキラリと輝《かがや》くカフスボタンが目《め》についた。

ボタンといっても、丸《まる》ボタンではない。翼《つばさ》を広《ひろ》げた鳥《とり》をモチーフにした、遠目《とおめ》でも立派《りっぱ》な意匠《いしょう》が施《ほどこ》されたカフスボタンだ。

(なんであの人《ひと》が……?)

いろいろ気《き》にはなるけれど、ひとまずその疑問《ぎもん》は棚《たな》に上《あ》げて、カトリーは家《いえ》の中《なか》に足《あし》を踏《ふ》み入《い》れた。


……◆……◆……◆……

サイモンの家《いえ》の玄関《げんかん》ホールで、カトリーは感心《かんしん》した声《こえ》を上《あ》げた。

広々《ひろびろ》とした空間《くうかん》に大《おお》きな電灯《でんとう》。チクタクと規則正《きそくただ》しく時《とき》を刻《きざ》む柱時計《はしらどけい》は趣《おもむき》があった。

「へぇ～、内装《ないそう》とか雰囲気《ふんいき》もステキですね～っ！」

こぢんまりでもいい、とサイモンは言《い》っていたが、なかなか立派《りっぱ》な邸宅《ていたく》だ。

「あ、犬《いぬ》入《い》れても平気《へいき》ですか？」

「どうぞどうぞ」

「良《よ》かったわね、シャーロ」

笑《わら》って話《はな》しかければ、シャーロは「犬扱《いぬあつか》いするな」とでも言《い》いたげな顔《かお》をしていた。

「まずはこちらからどうぞ」

サイモンの案内《あんない》で、一行《いっこう》が最初《さいしょ》に通《とお》されたのは立派《りっぱ》な暖炉《だんろ》が印象的《いんしょうてき》な部屋《へや》だった。

「お部屋《へや》もステキですね～　……ん？」

部屋《へや》の中《なか》をダテ虫眼鏡《むしめがね》を通《とお》して見渡《みわた》していたカトリーは、暖炉《だんろ》の上《うえ》に飾《かざ》られていた１枚《まい》の写真《しゃしん》に目《め》を留《と》めた。

「この写真《しゃしん》は？」

そこに写《うつ》っていたのは、口《くち》ひげを蓄《たくわ》えた初老《しょろう》の男性《だんせい》と2人《ふたり》の男の子《おとこのこ》。

サイモンもカトリーが見《み》ていた写真《しゃしん》に気《き》づき、途端《とたん》に表情《ひょうじょう》を曇《くも》らせた。

「……父《ちち》と、子供《こども》の頃《ころ》の私《わたし》と、弟《おとうと》のガーファンクルです」

「ふ〜ん……で、弟《おとうと》さんは今《いま》どちらに？」

「さあ？　13歳《さい》のときに家《いえ》を出《で》て留学《りゅうがく》しました。それ以来《いらい》、直接《ちょくせつ》は会《あ》っていません」

どこかぶっきらぼうに、サイモンの言葉《ことば》には端々《はしばし》に険《けん》のあるものだった。明《あき》らかに不機嫌《ふきげん》になっていた。

「葬式《そうしき》にも出《で》なかったクセに、父《ちち》からの遺産《いさん》を相続《そうぞく》したらしいので、どこかで優雅《ゆうが》な生活《せいかつ》でも送《おく》っているのではないですか？　そもそも、その写真《しゃしん》がまだそんなところにあったとは。片付《かたづ》けるように言《い》ってあったのに」

「あれ？　仲《なか》が悪《わる》かったりします？」

「仲《なか》が悪《わる》くもなりますよ」

居心地《いごこち》が悪《わる》そうにしているノアとは対照的《たいしょうてき》に、カトリーが物怖《ものお》じせずに聞《き》いてみる。するとサイモンは、まるで吐《は》き捨《す》てるように頷《うなず》いた。

「私《わたし》たちは、子供《こども》の頃《ころ》から父《ちち》に比《くら》べられ続《つづ》けました。私《わたし》は兄《あに》というだけで、弟《おとうと》よりも常《つね》に優《すぐ》れていなければならなかった。それが私《わたし》には苦痛《くつう》で仕方《しかた》なかったんです！」

今《いま》でもサイモンは思《おも》い出《だ》す。父《ちち》に可愛《かわい》がられている弟《おとうと》、ガーファンクルの姿《すがた》を。

それを羨《うらや》ましく思《おも》う、惨《みじ》めな自分《じぶん》の姿《すがた》を。

「父《ちち》の、私《わたし》と弟《おとうと》への扱《あつか》いは明《あき》らかに違《ちが》っていた。そして挙《あ》げ句《く》、遺産《いさん》はすべて弟《おとうと》のものになりました。私《わたし》には何《なに》もなかった……」

「ええっ⁉ でも、そのネクタイピン……」

サイモンがつけている鷹《たか》のネクタイピンは、それひとつで家《いえ》が1軒《けん》買《か》えるほど高価《こうか》なものだ。

何《なに》もなかった――とは言《い》えない気《き》もするが、しかしサイモンは首《くび》を横《よこ》に振《ふ》る。

「どうしてもこれだけは、と無理矢理《むりやり》持《も》たされたんです。ですが、恥《は》ずかしながらこのネクタイピンに、そんな価値《かち》があるとは知《し》らず……」

確《たし》かに、カトリーには鷹《たか》のネクタイピンが〝価値《かち》あるもの〟とわかっているが、それを知《し》らなかったサイモンにしてみればただのネクタイピンだ。二束三文《にそくさんもん》のガラクタを押《お》しつけられたと思《おも》っていたのかもしれない。

「あとはまぁ、家《いえ》を1軒《けん》やるとは言《い》われましたが、どうせ使《つか》ってない別荘《べっそう》のひとつでもくれるつもりだったんでしょう。断《ことわ》りましたが」

「……ほう。家《いえ》を1軒《けん》……」

サイモンの実家《じっか》は、どうやら想像以上《そうぞういじょう》の資産家《しさんか》だったようだ。仮《かり》に別荘《べっそう》だとしても、高価《こうか》なネクタイピンや家《いえ》を1軒《けん》を譲《ゆず》るなんて、たいしたものだ。

「……あの、これ、家《いえ》のナゾと関係《かんけい》ありますか？」

サイモンが困《こま》ったように聞《き》いてくる。あまり喋《しゃべ》りたくないことだったようだ。

「あ、いえいえ、失礼《しつれい》しました！　他《ほか》の部屋《へや》も案内《あんない》してください」

暖炉《だんろ》の部屋《へや》を後《あと》にして、カトリーたちはサイモンに案内《あんない》されるがまま、リビングやバスルーム、書斎《しょさい》などを見《み》て回《まわ》った。

趣味《しゅみ》のいい家具《かぐ》や調度品《ちょうどひん》で囲《かこ》まれており、家主《やぬし》の趣味《しゅみ》や人柄《ひとがら》がわかるようだった。

「どこもかしこもステキですねぇ」

「この家《いえ》の家具《かぐ》や調度品《ちょうどひん》は実《じつ》に良《よ》いものなので、前《まえ》の住人《じゅうにん》が使《つか》っていた物《もの》をそのままいただいたんです」

「ほうほう」

どうやら家具《かぐ》を選《えら》んだのは、サイモンではなかったらしい。

とはいえ、前《まえ》の住人《じゅうにん》が使《つか》っていた物《もの》を〝良《よ》い〟として使《つか》い続《つづ》けるならば、前《まえ》の住人《じゅうにん》とサイモンの趣味《しゅみ》はとても似《に》ていた——ということなのかもしれない。

そうして一通《ひととお》り部屋《へや》を見《み》て回《まわ》ったカトリーたちは、応接間《おうせつま》で腰《こし》を落《お》ち着《つ》けていた。

「家《いえ》の構造《こうぞう》はだいたいわかりました。では、アナタのご家族《かぞく》が消《き》えた状況《じょうきょう》を教《おし》えてください」

「はい」

カトリーに促《うなが》され、サイモンはその日《ひ》のことを思《おも》い出《だ》しながら話《はな》し始《はじ》めた。

「あれは3日《か》ほど前《まえ》でしたか……。3人《にん》が私《わたし》の顔《かお》を見《み》て、こそこそと何《なに》かを相談《そうだん》している様子《ようす》でした。思《おも》えばあのとき、すでに家《いえ》の呪《のろ》いにかかっていたのかもしれません」

「なるほど……。で、最後《さいご》にアナタが一人残《ひとりのこ》ったというわけですね」

「はい」

ふむふむ、と頷《うなず》きながらカトリーは今《いま》の話《はなし》をメモに残《のこ》した。

「まさに『そして誰《だれ》もいなくなった』ですね……」

ノアが、かの名作《めいさく》ミステリー小説《しょうせつ》のタイトルを引用《いんよう》してブルッと体《からだ》を震《ふる》わせた。

「あ、でも正確《せいかく》にはアイツもいます」

そう言《い》って、サイモンが対面《たいめん》に座《すわ》っているカトリーたちの背後《はいご》に視線《しせん》を向《む》ける。

つられてカトリーたちも振《ふ》り返《かえ》れば、のろのろとゆっくり歩《ある》く犬《いぬ》がいた。

犬《いぬ》といってもシャーロではない。サイモンの家《いえ》で飼《か》っている、愛犬《あいけん》のベンだった。

「バウ」

「動《うご》き、おっそ！」

スローモーションのような動《うご》きのベンに、シャーロが思《おも》わずツッコミを入《い》れた。

「……何《なに》かくわえてますね」

そんなベンの口元《くちもと》に何《なに》かがあるのを見《み》て、ノアが首《くび》を傾《かし》げた。

「スリッパ？」

「ベンは家《いえ》の物《もの》が決《き》まった場所《ばしょ》にないと気《き》になるらしく、動《うご》かされると元《もと》あった場所《ばしょ》に戻《もど》すんです」

「元《もと》あった場所《ばしょ》に戻《もど》す……」

サイモンの説明《せつめい》を証明《しょうめい》するかのように、ベンはのそのそとゆっくりながらも、くわえていたスリッパをスリッパ立《た》てに戻《もど》してみせた。

「おい、おまえ」

そんなベンに、シャーロが話《はな》しかけた。

「この家《いえ》の人間《にんげん》が消《き》えたらしいが、何《なに》か知《し》ってるか？」

その質問《しつもん》に、ベンは表情《ひょうじょう》ひとつ変《か》えず、鳴《な》き声《ごえ》ひとつ上《あ》げることなく、よっこいしょと言《い》わんばかりにゆっくりとその場《ば》に座《すわ》り込《こ》み、そっぽを向《む》いて伏《ふ》せてしまった。

「無視《むし》かい！」

ベンに無視《むし》されてご立腹《りっぷく》のシャーロ。

「通《つう》じてないいんじゃやないの？」

「犬同士《いぬどうし》なら会話《かいわ》できるんだよ！」

カトリーがおちょくるが、サイモンには犬《いぬ》の鳴《な》き声《ごえ》にしか聞《き》こえていない。カトリーの様子《ようす》を不思議《ふしぎ》そうに眺《なが》めていた。

「あ、そういえば、まだ案内《あんない》していないところがありました」

思《おも》い出《だ》して、サイモンが席《せき》を立《た》つ。

「ご案内《あんない》します」

そういうことなら——と、カトリーたちもサイモンに続《つづ》いて応接間《おうせつま》を後《あと》にした。

向《む》かう先《さき》は、窓《まど》が並《なら》ぶ廊下《ろうか》を抜《ぬ》けた先《さき》にあるらしい。

「最後《さいご》の部屋《へや》は、この奥《おく》です」

サイモンの説明《せつめい》を聞《き》きながら、カトリーは窓《まど》から見《み》える外《そと》の景色《けしき》を眺《なが》めていた。

確《たし》かこのあたりは緑《みどり》が多《おお》く、治安《ちあん》もいい場所《ばしょ》だ。文字通《もじどお》り、閑静《かんせい》な住宅街《じゅうたくがい》といったところだろうか。

窓《まど》の外《そと》には、青《あお》い屋根《やね》の隣家《りんか》が見《み》える。

「……あれ？」

その青《あお》い屋根《やね》の家《いえ》を見《み》て、カトリーは少《すこ》し眉間《みけん》にシワを寄《よ》せた。

「あの家《いえ》……」

同《おな》じ住宅街《じゅうたくがい》にあるからだろうか、カトリーには窓《まど》の外《そと》に見《み》える青《あお》い屋根《やね》の家《いえ》が、サイモンの家《いえ》と同《おな》じようなデザインに見《み》えた。

「最後《さいご》の部屋《へや》はこちらです」

と、サイモンが廊下《ろうか》の突《つ》き当《あ》たりにある扉《とびら》を開《ひら》いた。

「使《つか》っていなかったのか、ホコリっぽいですが」

その部屋《へや》には、入口正面《いりぐちしょうめん》の壁《かべ》に1枚《まい》の肖像画《しょうぞうが》が飾《かざ》られていた。

「絵《え》の掛《か》かった部屋《へや》……」

無意識《むいしき》にカトリーの口《くち》からそんなセリフがこぼれ落《お》ちた。

かなり大《おお》きな肖像画《しょうぞうが》だった。どこの誰《だれ》かはわからないが、凛々《りり》しい顔立《かおだ》ちの青年《せいねん》が、真《ま》っ直《す》ぐこちらを見《み》ている。

「あの絵《え》も、この家《いえ》に元々置《もともとお》かれていた調度品《ちょうどひん》のひとつです」

「ハンサムな人《ひと》ですね」

率直《そっちょく》な感想《かんそう》をもらすノアに、しかしサイモンは「そうですか？」と答《こた》えた。

「どこか人《ひと》を見下《みくだ》しているようにも感《かん》じられて、あまり好《す》きではないのです」

どうやら、あまり気《き》に入《い》っていないらしい。

「……あれ？」

ノアとサイモンが肖像画《しょうぞうが》についてあれこれ話《はな》している間《あいだ》、絵《え》に近《ちか》づいていたカトリーはあることに気《き》づいた。

絵《え》が、わずかに傾《かたむ》いている。

そのことに気《き》づいたカトリーは絵《え》の傾《かたむ》きを直《なお》そうとして前《まえ》に進《すす》み、手《て》を伸《の》ばす――が、違和感《いわかん》に気《き》づいて手《て》を止《と》めた。

「……絨毯《じゅうたん》の周《まわ》りの……色《いろ》、が……？」

カトリーの動《うご》きが止《と》まる。

「この部屋《へや》が、どうかしましたか？」

固《かた》まっているカトリーに、サイモンが問《と》いかける。

「私《わたし》もまだ、この部屋《へや》にはほとんど入《はい》ったことがないんですよ。その絵《え》も、何《なに》か気《き》に入《い》らなくて……」

そんなサイモンの言葉《ことば》も、今《いま》のカトリーには届《とど》かない。

今《いま》、彼女《かのじょ》の脳裏《のうり》に浮《う》かぶのは、これまで見聞《みき》きしたナゾのかけらたちだ。
鷹《たか》のネクタイピン。
不動産屋《ふどうさんや》の男《おとこ》。
父《ちち》が遺《のこ》そうとした家《いえ》。
コソコソしていた3人《にん》の家族《かぞく》。
几帳面《きちょうめん》な犬《いぬ》。
仲《なか》の悪《わる》い弟《おとうと》。
廊下《ろうか》から見《み》えた青《あお》い屋根《やね》の隣家《りんか》。
奥《おく》の部屋《へや》の肖像画《しょうぞうが》。
絨毯《じゅうたん》の違和感《いわかん》。
断片的《だんぺんてき》な情報《じょうほう》が、カトリーの中《なか》でひとつにまとまり、答《こた》えを示《しめ》す。
「……そういうことでしたか……」
ぽつりと呟《つぶや》くカトリーの口元《くちもと》に、笑《え》みが浮《う》かぶ。
「すべてのナゾは解明《かいめい》されました！」

カトリーは、力強《ちからづよ》く断言《だんげん》した。

3

「ほ、本当《ほんとう》ですか！」

「もう解《と》けたんですか!?」

カトリーの宣言《せんげん》に、サイモンはもちろん、助手《じょしゅ》のノアまでもが驚《おどろ》きの声《こえ》を上《あ》げた。

「おいおい、まだこの家《いえ》に来《き》てから1時間《じかん》も経《た》っとらんぞ」

シャーロは驚《おどろ》くよりも呆《あき》れた様子《ようす》。

「まだこの家《いえ》に来《き》てから、1時間《じかん》も経《た》っていませんよ」

「オイ！　何故《なぜ》かぶせてくる!?」

セリフをそっくりそのまま繰《く》り返《かえ》したノアに、シャーロはたまらずツッコんだ。

「いやほら、シャーロさんの声《こえ》、サイモンさんには聞《き》こえてませんから……」

コソッとシャーロに言《い》い訳《わけ》するノア。

そんな三者三様《さんしゃさんよう》の態度《たいど》をよそに、カトリーは自信満々《じしんまんまん》の笑《え》みを浮《う》かべた。

「サイモンさん。この家《いえ》からアナタのご家族《かぞく》が消《き》えた理由《りゆう》……」

とうとうと語《かた》るカトリーの言葉《ことば》に、サイモンはゴクリと喉《のど》を鳴《な》らして聞《き》き入《い》った。

「それは、『女子《じょし》はやっぱり美形《びけい》がスキ』ってことです！」

「…………」

「…………」

「…………」

力強《ちからづよ》く、迷《まよ》いなく、ナゾの答《こた》えを告《つ》げるカトリーを前《まえ》に、ノアやシャーロ、サイモンの3人《にん》はぽかんとした。

「なんでそれが、人《ひと》が消《き》えた理由《りゆう》になるんだ！」

なんともいえない空気《くうき》に耐《た》えかねてか、シャーロが至極《しごく》まっとうなツッコミをする。

それでもカトリーは、ブレることなく自信満々《じしんまんまん》の態度《たいど》を崩《くず》そうとはしなかった。

「つまり、アナタの奥様《おくさま》と娘《むすめ》さんたちは、この美形男子《びけいだんし》の肖像画《しょうぞうが》に見《み》とれてしまったせいで消《き》えてしまったんです」

「え……ええっ⁉　どういうことですか？」

「ノア君《くん》」

いまいち理解《りかい》できないサイモンの疑問《ぎもん》をよそに、カトリーはノアを手招《てまね》きした。

「その絵《え》の前《まえ》に立《た》ってみて」

「あ、はい」

カトリーに言《い》われるまま、肖像画《しょうぞうが》の前《まえ》に近《ちか》づいて絵《え》を見上《みあ》げるノア。

どうしたって視界《しかい》に入《はい》る大《おお》きな絵《え》を見《み》ていたノアは、自然《しぜん》と首《くび》が傾《かたむ》いた。

「……あれ？」

絵《え》がわずかに傾《かたむ》いている。それなら首《くび》を傾《かし》げてしまうのも納得《なっとく》だ。

ノアは傾《かたむ》いた絵《え》の角度《かくど》を調整《ちょうせい》しようと手《て》を伸《の》ばした。隣《となり》のカトリーが、その瞬間《しゅんかん》にそそくさと自分《じぶん》から離《はな》れたことにも気《き》づかずに。

「うわっ！」

絵《え》の傾《かたむ》きを直《なお》した直後《ちょくご》、突然床《とつぜんゆか》が沈《しず》み込《こ》んだ。まるで滑《すべ》り台《だい》のように斜《なな》めへと傾《かたむ》き、真《ま》上《うえ》に乗《の》っていたノアを地面《じめん》の底《そこ》へ吸《す》い込《こ》んでいく。

「わあぁぁぁ〜……っ！」

どんどん遠《とお》ざかっていくノアの叫《さけ》び声《ごえ》。

その姿《すがた》が見《み》えなくなった――と、思《おも》いきや。

「きゃあ！　また知《し》らない人《ひと》が落《お》ちてきたわ！」

地面《じめん》の奥《おく》、滑《すべ》り台《だい》となった床《ゆか》の先《さき》から、カトリーには聞《き》き覚《おぼ》えのない声《こえ》が聞《き》こえてきた。

「その声《こえ》は……！　リンダか⁉」

しかし、サイモンにとっては聞《き》き間違《まちが》えようのない声《こえ》だった。その声《こえ》は上《うえ》の娘《むすめ》、リンダの声《こえ》だったからだ。

「パパ、そこにいるの？　助《たす》けてーっ！」

下《した》の娘《むすめ》、ブレッダの声《こえ》までも床《ゆか》の下《した》から聞《き》こえてきた。

「ブレッダ！」

サイモンは慌《あわ》てて呼《よ》びかけるが、しかし床《ゆか》の滑《すべ》り台《だい》が「ギギギッ」と音《おと》を立《た》ててせり上《あ》がり、バタン！　と閉《し》まってしまった。

「こ……こんな仕掛《しか》けが！」

「奥様《おくさま》と2人《ふたり》の娘《むすめ》さんは、この下《した》にある隠《かく》し部屋《べや》に落《お》ちて、出《で》られなくなっていたんです」

肖像画《しょうぞうが》と床《ゆか》の仕掛《しか》けが元《もと》に戻《もど》ると、カトリーがナゾの説明《せつめい》をしてくれる。しかし、サイモンにはまだわからないことがあった。

「し、しかし、床《ゆか》の仕掛《しか》けに引《ひ》っかかったのなら絨毯《じゅうたん》もくしゃくしゃになっているはず。何故《なぜ》、絨毯《じゅうたん》まで直《なお》っているので……」

するとそこへ、のそのそとやってきたのは愛犬《あいけん》のベンだった。

乱《みだ》れた絨毯《じゅうたん》の端《はし》をくわえて引《ひ》っ張《ぱ》り、もう片方《かたほう》も引《ひ》っ張《ぱ》って、くしゃくしゃになっていた絨毯《じゅうたん》は綺麗《きれい》に元通《もとどお》りになってしまった。

「バウ」

「完了《かんりょう》、じゃねぇよ！」

シャーロが得意《とくい》げなベンの犬語《いぬご》を訳《やく》してくれた。

「これが、この家《いえ》から何人《なんにん》も人《ひと》が消《き》えた秘密《ひみつ》です」

「そ、そんな……」

信《しん》じられない——と、よろめくサイモン。

「ひとまず、私《わたし》たちも降《お》りてみましょう」

そんなサイモンを、カトリーは地下《ちか》へと誘《さそ》った。


……✦……✦……✦……


「サマンサ！　リンダ！　ブレッダ！　無事《ぶじ》でよかった！」

肖像画《しょうぞうが》と床《ゆか》の仕掛《しか》けを使《つか》って地下《ちか》へ降《お》りると、そこにはサイモンがずっと捜《さが》していた愛《あい》すべき妻《つま》と2人《ふたり》の子供《こども》の姿《すがた》があった。

多少《たしょう》、衣服《いふく》がクタクタになっているが、無事《ぶじ》だったことは間違《まちが》いない。

「アナタぁ～っ！　怖《こわ》かったわ……」

「パパ、遅《おそ》いよ～」

「パパの役立《やくた》たず～。死《し》ぬかと思《おも》ったよぉ」

家族《かぞく》の絆《きずな》を確《たし》かめ合《あ》うようにぎゅっと抱《だ》き合《あ》うサイモン家《け》の面々《めんめん》。そこにはさらにもう1人《ひとり》、仕掛《しか》けに引《ひ》っかかった人物《じんぶつ》が現《あらわ》れた。

「あら、アスポワロ警部《けいぶ》」

そこにいたのは、カトリーにも顔《かお》なじみのスコットランドヤードの刑事《けいじ》、ダージリン・アスポワロ警部《けいぶ》だった。

「なんだ、カトリーか……」

「やはり穴《あな》に落《お》ちていた刑事《けいじ》はアナタでしたか、アスポワロ警部《けいぶ》」

「ふん」

まるでラグビー選手《せんしゅ》のように体格《たいかく》の良《よ》いアスポワロは、カトリーの姿《すがた》を見《み》るとばつが悪《わる》そうに顔《かお》をしかめた。ここにいるということは、肖像画《しょうぞうが》と床《ゆか》の仕掛《しか》けに引《ひ》っかかったことは想像《そうぞう》に難《かた》くない。

「しかしサマンサ、ハンサムな男《おとこ》の肖像画《しょうぞうが》に見《み》とれて穴《あな》に落《お》ちるとは、情《なさ》けないぞ」

カトリーの前置《まえお》きを鵜呑《うの》みにしているサイモンは不満《ふまん》を述《の》べるが、サマンサたちが落《お》とし穴《あな》の仕掛《しか》けで落《お》ちてしまったのは、単《たん》に肖像画《しょうぞうが》の人物《じんぶつ》がハンサムで、見《み》とれていたからではなかった。

「コホン」

軽《かる》く咳払《せきばら》いをして、カトリーが全員《ぜんいん》の注目《ちゅうもく》を集《あつ》めた。まだナゾの全貌《ぜんぼう》を解明《かいめい》したわけではないからだ。

「まあ、それはさておき。この事件《じけん》は実《じつ》に単純《たんじゅん》なのですが、実《じつ》はその裏《うら》にとんでもない物《もの》語《がたり》が隠《かく》されていたのです」

「物語《ものがたり》だと？」

どういうことだと言《い》わんばかりに、アスポワロが声《こえ》を上《あ》げる。

「実《じつ》はこの事件《じけん》は、ミルフィーユにおけるパイと生《なま》クリームの層《そう》のように、愛情《あいじょう》と誤解《ごかい》と嫉妬《しっと》が重《かさ》なり合《あ》い、実《じつ》に不可解《ふかかい》な状況《じょうきょう》を作《つく》り出《だ》していたのです」

「わけがわからん！」

イメージしやすいと思《おも》いきや、わかりづらいカトリーのたとえに、シャーロがツッコミを入《い》れた。それは、その場《ば》にいる全員《ぜんいん》の気持《きも》ちを代弁《だいべん》していただろう。残念《ざんねん》なのは、カトリーとノア以外《いがい》には言葉《ことば》が理解《りかい》できない、ということだ。

「では説明《せつめい》しましょう。この呪《のろ》われた家《いえ》ならぬ、壮大《そうだい》な二世帯住宅《にせたいじゅうたく》の全貌《ぜんぼう》を！」

ババーン！　と両手《りょうて》を広《ひろ》げ、宣言《せんげん》するカトリー。

「どっ、どういうことですか⁉」

「では、順《じゅん》を追《お》ってひとつずつ　いきましょう」

急《せ》かすサイモンを落《お》ち着《つ》かせるように、カトリーは顎《あご》に手《て》を当《あ》ててこの家《いえ》のナゾを解《と》き明《あ》かしていく。

「まず、奥《おく》の部屋《へや》に架《か》かった美《うつく》しい青年《せいねん》の絵《え》。引《ひ》き込《こ》まれるような魅力《みりょく》を持《も》っていますよね。ところが、絵《え》を見《み》ていると額縁《がくぶち》が少《すこ》しだけ傾《かたむ》いていることに気《き》づくでしょう。それが気《き》になり、ずれた額縁《がくぶち》を直《なお》すと床《ゆか》の仕掛《しか》けが作動《さどう》してしまうのです」

その仕掛《しか》けと人《ひと》の心理《しんり》を誘導《ゆうどう》する仕組《しく》みは、まさにノアが証明《しょうめい》してみせた。何《なに》も言《い》われずとも、絵《え》を見《み》ていたノアは勝手《かって》に額縁《がくぶち》を直《なお》そうとして――仕掛《しか》けを作動《さどう》させ、落《お》ちてしまったのだから。

「そして誰《だれ》かが落《お》ちた後《あと》、几帳面《きちょうめん》なベンが穴《あな》にずれ落《お》ちた絨毯《じゅうたん》を元《もと》に戻《もど》して、部屋《へや》は元通《もとどお》り。これが人《ひと》が消《き》える家《いえ》の正体《しょうたい》です」

「そうだったのか……」

カトリーの見事《みごと》な推理《すいり》に驚《おどろ》くサイモン。しかしその表情《ひょうじょう》は、すぐに怒《いか》りを滲《にじ》ませた。

「あの不動産屋《ふどうさんや》、怪《あや》しいと思《おも》っていたんだ！　こんな不良物件《ふりょうぶっけん》をつかませおって！　とっちめてやる！」

「ご家族《かぞく》がこんな目《め》に遭《あ》ったのは、本当《ほんとう》に不動産屋《ふどうさんや》さんのせいでしょうか？」

怒《いか》り心頭《しんとう》のサイモンに、カトリーは含《ふく》みのある言葉《ことば》を投《な》げかけた。

「え……？　どういうことですか？」

「ふふ……」

小《ちい》さく笑《わら》った後《あと》、カトリーは真面目《まじめ》な表情《ひょうじょう》を浮《う》かべた。

「では、これより、今回《こんかい》の事件《じけん》の本当《ほんとう》のナゾトキに入《はい》りますね」

カトリーはサイモンの妻《つま》、サマンサに声《こえ》をかけた。

「奥《おく》さん、この隠《かく》し部屋《べや》で何《なに》か見《み》つけませんでしたか？」

「え？　あ……そういえば、あの奥《おく》に大《おお》きな扉《とびら》があったわ」

サマンサは、地下《ちか》の奥《おく》——肖像画《しょうぞうが》と床《ゆか》の仕掛《しか》けとは別方向《べつほうこう》の通路《つうろ》を指《ゆび》さした。

「開《あ》けようとしてもビクともしなかったけど……」

「扉《とびら》……？」

その扉《とびら》が何《なに》を意味《いみ》するのかを確《たし》かめるべく、一行《いっこう》は開《あ》かない扉《とびら》の前《まえ》へと移動《いどう》した。

それは、一目《ひとめ》で頑丈《がんじょう》だとわかるような鉄《てつ》の扉《とびら》だった。最近作《さいきんつく》られたものではなく、それなりに月日《つきひ》が経《た》っているようだが、だからといって叩《たた》いたり蹴《け》ったりしただけで開《あ》くようなものとも思《おも》えない。

「この扉《とびら》は……はっ！」

扉《とびら》を見《み》ていたサイモンは、鷹《たか》のマークが刻《きざ》まれた鍵穴《かぎあな》があることに気《き》づいた。

鷹《たか》のマーク——といえば、サイモンのネクタイピンも鷹《たか》をあしらったものだ。

「まさか、これで……？」

半信半疑《はんしんはんぎ》ながらも、サイモンはネクタイからネクタイピンを取《と》り外《はず》し、扉《とびら》の穴《あな》に鍵《かぎ》のように使《つか》ってみた。

吸《す》い込《こ》まれるようにピッタリと鍵穴《かぎあな》に嵌《はま》ったネクタイピン。ゆっくり回《まわ》してみれば、ガシャン！　と大《おお》きな音《おと》を立《た》ててロックが外《はず》れた。

「…………」

サイモンは、慎重《しんちょう》に扉《とびら》を開《ひら》き――そして、息《いき》をのむ。

「こ、これは……」

そこにあったのは、目《め》が眩《くら》むほどの黄金《おうごん》の山《やま》。莫大《ばくだい》な金額《きんがく》になると思《おも》われる金《きん》の延《の》べ棒《ぼう》が、ピラミッドのように山積《やまづ》みにされていた。

「これはいったい……!?」

「まさかこれほど莫大《ばくだい》なものとは……」

「え？」

おそらく、ある程度《ていど》の予想《よそう》がついていたであろうカトリーでさえ、積《つ》み上《あ》げられた金《きん》の延《の》べ棒《ぼう》に驚《おどろ》きを隠《かく》せずにいた。

「あれは、アナタのお父様《とうさま》がアナタに遺《のこ》した〝遺産《いさん》〟です」

「えっ、ええ～っ!?」

カトリーの一言《ひとこと》に、全員《ぜんいん》が驚《おどろ》きの声《こえ》を上《あ》げた。

「どっ、どういうことですか!?　父《ちち》は遺産《いさん》をすべて弟《おとうと》に譲《ゆず》ったはずでは!?」

「お父様《とうさま》は、いい年《とし》になっても仲《なか》の悪《わる》い兄弟《きょうだい》に、いつか仲直《なかなお》りしてほしいと願《ねが》っていたのではないでしょうか。だから、遺産《いさん》を変《か》わった形《かたち》で遺《のこ》したのです」

「変《か》わった形《かたち》で……？」

「そう」

カトリーは、黄金《おうごん》の山《やま》を指《ゆび》さした。

「お互《たが》いが心《こころ》を開《ひら》き、その距離《きょり》を縮《ちぢ》めようとしたときに、自分《じぶん》の遺産《いさん》を受《う》け取《と》ることができるように――と！」

「し……しかし」

カトリーの説明《せつめい》を受《う》けても、サイモンはまだ現実《げんじつ》が受《う》け止《と》められずに混乱《こんらん》していた。

「何故《なぜ》この隠《かく》し部屋《べや》に遺産《いさん》を隠《かく》すことが、兄弟《きょうだい》を仲直《なかなお》りさせることになるんですか？」

「ふふ……どうしてでしょう」

笑《え》みを浮《う》かべて、カトリーはノアに目《め》を向《む》けた。

「ノア君《くん》、わかるわよね？」

「えっ!?」

急《きゅう》に話《はなし》を振《ふ》られて、ノアは目《め》を白黒《しろくろ》させた。

「え、え～っと……ど、どうしてでしょう？」

「はあ～……助手《じょしゅ》としてはまだまだね……」

お手上《てあ》げとばかりに首《くび》を傾《かし》げるノアに、カトリーは盛大《せいだい》なため息《いき》を吐《つ》いた。

「サイモンさん。アナタは気《き》づきませんでしたか？」

気《き》を取《と》り直《なお》し、カトリーはサイモンに向《む》き直《なお》った。

「あの絵《え》に描《えが》かれた人物《じんぶつ》が誰《だれ》なのか――ということに」

「あの絵《え》……？」

それは、壁《かべ》に飾《かざ》られていた肖像画《しょうぞうが》のことだ。家族《かぞく》やアスポワロ警部《けいぶ》を罠《わな》にかけたエサであり、莫大《ばくだい》な金額《きんがく》になるであろう黄金《おうごん》へと導《みちび》いてくれたナゾの肖像画《しょうぞうが》。

「あの絵《え》の人物《じんぶつ》など……」

サイモンは知《し》らない。

あの肖像画《しょうぞうが》に描《えが》かれていた青年《せいねん》の顔《かお》なんて、見《み》たことがない。

「本当《ほんとう》に知《し》らないんですか？　あの絵《え》の人物《じんぶつ》を」

「…………」

カトリーに詰《つ》め寄《よ》られても、サイモンは「知《し》っている」とは言《い》えない。

何故《なぜ》ならば、あんな青年《せいねん》の姿《すがた》なんて本当《ほんとう》に見《み》たことがないからだ。

……しかし、逆《ぎゃく》をいえば。

あの肖像画《しょうぞうが》の青年《せいねん》が、もっと若《わか》い頃《ころ》──それこそ、12歳《さい》や13歳《さい》の頃《ころ》ならどうだろう。

話《はなし》は違《ちが》ってくる。

「あの絵《え》は、アナタの弟《おとうと》さんの肖像画《しょうぞうが》です！」

「──ッ！」

カトリーの一言《ひとこと》に、サイモンは息《いき》をのむ。

「アナタが一緒《いっしょ》に過《す》ごしていなかった、15歳《さい》から17歳《さい》の頃《ころ》の弟《おとうと》、ガーファンクルさんです。彼《かれ》は13歳《さい》で家《いえ》を出《で》たと言《い》いましたよね？　だから顔《かお》を忘《わす》れてしまったのでしょうか」

「…………」

カトリーに詰《つ》め寄《よ》られても、サイモンは返《かえ》す言葉《ことば》が見《み》つからなかった。

頭《あたま》の中《なか》で、肖像画《しょうぞうが》に描《えが》かれていた人物《じんぶつ》と、暖炉《だんろ》の部屋《へや》に飾《かざ》られていた写真《しゃしん》の弟《おとうと》が、ピッタリと一致《いっち》してしまったからだ。

「……いえ。アナタは、最初《さいしょ》から気《き》づいていましたね。気《き》づいていながら、あの絵《え》に近《ちか》づかなかったのです」

しかしカトリーは、肖像画《しょうぞうが》の人物《じんぶつ》に気《き》づいたのはもっと前《まえ》からだと指摘《してき》する。

「家《いえ》に最初《さいしょ》から置《お》かれていた肖像画《しょうぞうが》。普通《ふつう》なら、気味《きみ》が悪《わる》いのですぐに処分《しょぶん》するはず。でも、しなかった。アナタは、心《こころ》のどこかであの絵《え》の人物《じんぶつ》に会《あ》いたがっていたのです！」

「…………」

カトリーの言葉《ことば》に、サイモンは息《いき》をのんでうつむいた。

「確《たし》かに……あの絵《え》が、弟《おとうと》に似《に》ていると感《かん》じていた」

「私《わたし》たちも」

と、サマンサが言《い》う。

「ガーファンクルからはがきが届《とど》いて、あの絵《え》がアナタの弟《おとうと》さんだと気《き》づいたの」

家族《かぞく》が家《いえ》からいなくなる前《まえ》、サイモンを見《み》てコソコソしていたのは、つまりそういうことだった。

サマンサたちはガーファンクルから届《とど》いたはがきとサイモンを見比《みくら》べ、そして家《いえ》の奥《おく》の部屋《へや》にあった肖像画《しょうぞうが》を結《むす》びつけてしまった。

「だから絵《え》をまじまじと見《み》ちゃって……」

結果《けっか》、傾《かたむ》いた肖像画《しょうぞうが》を元《もと》に戻《もど》そうとして床《ゆか》の仕掛《しか》けに引《ひ》っかかり、この地下《ちか》へ落《お》ちてしまったのだった。

「この落《お》とし穴部屋《あなべや》の仕掛《しか》けは、アナタのお父様《とうさま》によって仕掛《しか》けられたものです。アナタは弟《おとうと》さんへの思《おも》いを募《つの》らせたとき、あの絵《え》の前《まえ》に立《た》つでしょう。そのとき、秘密《ひみつ》の落《お》とし穴《あな》に招《まね》かれ、遺産《いさん》のありかを知《し》るという仕掛《しか》けだったのです」

「しかし、実際《じっさい》にはサイモンの前《まえ》に家族《かぞく》が落《お》ちてしまった……というわけか」

アスポワロの言葉《ことば》に、カトリーは「そうですね」と頷《うなず》いた。

「ちょっ、ちょっと待《ま》ってください」

確《たし》かにカトリーの推理《すいり》には納得《なっとく》できるところがある。しかし、根本《こんぽん》の部分《ぶぶん》が曖昧《あいまい》なままだった。

「この家《いえ》は偶然買《ぐうぜんか》ったんですよ？　何故《なぜ》、その家《いえ》にそんな仕掛《しか》けが……!?」

「まだわからないんですか？」

詰《つ》め寄《よ》ってくるサイモンを牽制《けんせい》するように、カトリーはビシッと指《ゆび》さした。

「アナタは、偶然《ぐうぜん》この家《いえ》を手《て》に入《い》れたわけではありませんよ」

「は……？」

「アナタに、この家《いえ》を買《か》うように仕向《しむ》けた人《ひと》がいるでしょう？」

「…………」

そんな人物《じんぶつ》などいない——と否定《ひてい》しようとしたサイモンだが、脳裏《のうり》に1人《ひとり》の男《おとこ》の姿《すがた》が浮《う》かんだ。

ゆるくウェーブした髪《かみ》、お洒落《しゃれ》な顎《あご》ひげを生《は》やしたサングラスの男《おとこ》だ。

「ま……まさか！　あの不動産屋《ふどうさんや》は!?」

「そうです」

カトリーは大《おお》きく頷《うなず》いた。

「あの不動産屋《ふどうさんや》さんこそ、アナタの弟《おとうと》さんです！」

「なっ、なんだって!?」

「彼《かれ》は、アナタが持《も》っているのと同《おな》じ鷹《たか》のマークのカフスボタンをつけていました。それですぐにピンときました」

「そうか……あいつが……」

サイモンは声《こえ》を震《ふる》わせた。

「どこかで見覚《みおぼ》えがあると感《かん》じていたが、そういうことだったのか……」

思《おも》いがけずに判明《はんめい》した、疎遠《そえん》だった弟《おとうと》や亡《な》き父《ちち》の心遣《こころづか》いにサイモンは声《こえ》を震《ふる》わせ、父《ちち》と最後《さいご》に交《か》わした言葉《ことば》を思《おも》い出《だ》していた。

あれは今《いま》から10年前《ねんまえ》、体調《たいちょう》を崩《くず》した父《ちち》を見舞《みま》ったときのことだった。


……✦……


「ゴホッ、ゴホッ！」

ベッドの上《うえ》で息苦《いきぐる》しそうに咳《せ》き込《こ》む父《ちち》、バーナード・ライトから、例《れい》の話《はなし》を切《き》り出《だ》されたのだった。

「サイモン……お前《まえ》に1軒《けん》の〝家《いえ》〟を遺《のこ》す。大切《たいせつ》にするがいい……」

今《いま》にして思《おも》えば、それはバーナードから息子《むすこ》のサイモンへ向《む》けた、最大級《さいだいきゅう》の贈《おく》り物《もの》だったに違《ちが》いない。

しかし、当時《とうじ》のサイモンは父《ちち》への反抗心《はんこうしん》や弟《おとうと》への嫉妬《しっと》で目《め》が曇《くも》っていた。

「……では、残《のこ》りの財産《ざいさん》はすべて、弟《おとうと》に譲《ゆず》ると言《い》うのですね。僕《ぼく》はそこまで父《とう》さんに愛《あい》されてなかったとは……」

父《ちち》に失望《しつぼう》し、長《なが》く顔《かお》も見《み》ていない弟《おとうと》へ嫉妬《しっと》したサイモンは、こんなことでケンカなんてしたくなかったと思《おも》いつつも、このまま顔《かお》を合《あ》わせていれば言《い》いたくないことまで言《い》ってしまいそうだと、父《ちち》の傍《そば》から離《はな》れた。

「ま、待《ま》てサイモン！　ゴホッ、ゴホッ、ゴホッ！」

部屋《へや》を出《で》ていこうとするサイモンを呼《よ》び止《と》めるバーナードの言葉《ことば》と、苦《くる》しそうに咳《せ》き込《こ》む様子《ようす》に足《あし》が止《と》まる。

「お情《なさ》けのような家《いえ》の1軒《けん》などいりません。アナタの遺産《いさん》などなくとも、私《わたし》は誰《だれ》の力《ちから》も借《か》りずに自分《じぶん》の家《いえ》くらい手《て》に入《い》れてみせます！」

思《おも》いとは裏腹《うらはら》に、口《くち》から出《で》てきたのは憎《にく》まれ口《ぐち》。これ以上《いじょう》、病床《びょうしょう》の父《ちち》にヒドイ言葉《ことば》を投《な》げかけたくないからなのか、サイモンは断腸《だんちょう》の思《おも》いで寝室《しんしつ》を後《あと》にしたのだった。

……✦……

それから10年《ねん》。父《ちち》の本当《ほんとう》の思《おも》いを知《し》ったサイモンは、亡《な》き父《ちち》に思《おも》いを馳《は》せていた。

「あのとき、父《ちち》が私《わたし》に託《たく》そうとしていた家《いえ》が、この家《いえ》だったのか……」

「そうだよ、兄《にい》さん」

暗闇《くらやみ》の中《なか》からかけられた声《こえ》に、一同《いちどう》の目《め》が向《む》けられる。現《あらわ》れたのは不動産屋《ふどうさんや》の男《おとこ》――サイモンの弟《おとうと》、ガーファンクルだった。

「この家《いえ》は、元々兄《もともとにい》さんの家《いえ》だった」

「おまえは……」

「久《ひさ》しぶりだね、兄《にい》さん。この地下通路《ちかつうろ》は、少《すこ》し離《はな》れたところにある僕《ぼく》の家《いえ》の地下《ちか》にも繋《つな》がっているんだ。ひとまず、上《うえ》へ戻《もど》ろう。案内《あんない》するよ」

一行《いっこう》は金塊《きんかい》の部屋《へや》を出《で》ると、落《お》とし穴《あな》が通《つう》じている部屋《へや》を経由《けいゆ》して反対《はんたい》の通路《つうろ》へと進《すす》んだ。その先《さき》がガーファンクルの家《いえ》へと通《つう》じる通路《つうろ》のようだ。

「すみません、兄《にい》さん以外《いがい》の人《ひと》が落《お》ちるとは想定《そうてい》していませんでした……」

道中《どうちゅう》、ガーファンクルは義理《ぎり》の姉《あね》にもなるサマンサへと頭《あたま》を下《さ》げた。

「いいのよ。無事《ぶじ》に出《で》られるんだから」

そうこうしていると、金塊《きんかい》の部屋《へや》と同《おな》じような扉《とびら》が現《あらわ》れた。

すでに鍵《かぎ》は開《あ》けられているようで、苦《く》もなく扉《とびら》を開《あ》けると、そこは妙《みょう》な既視感《きしかん》を覚《おぼ》える作《つく》りの玄関《げんかん》ホールとなっていた。

「これが、おまえが受《う》け継《つ》いだ家《いえ》か。私《わたし》の家《いえ》にそっくりだな」

率直《そっちょく》な感想《かんそう》をもらすサイモンに、ガーファンクルは「そうだよ」と頷《うなず》いた。

「父《とう》さんは、常《つね》に公平《こうへい》だった。僕《ぼく》だけが可愛《かわい》がられていたというのは、兄《にい》さんの思《おも》い込《こ》みさ」

「私《わたし》の、思《おも》い込《こ》み……」

「僕《ぼく》は、父《とう》さんから『兄《あに》を見習《みなら》え』とずっと教《おし》えられてきたんだ」

「父《とう》さんが私《わたし》を!?」

思《おも》いがけないガーファンクルの言葉《ことば》に、サイモンは驚《おどろ》いた。ずっと虐《しいた》げられてばかりだと思《おも》っていたのに。

「誰《だれ》かに頼《たよ》ることなくやり遂《と》げる意志《いし》の強《つよ》さを、ね」

ガーファンクルは、サイモンを2階《かい》のベランダへと案内《あんない》した。

「見《み》て、兄《にい》さん。ここから正面《しょうめん》に見《み》える家《いえ》が、自分《じぶん》の力《ちから》で手《て》に入《い》れた兄《にい》さんの家《いえ》だよ」

ベランダから一望《いちぼう》できる緑《みどり》の絨毯《じゅうたん》。なだらかな勾配《こうばい》が続《つづ》くその先《さき》に、赤《あか》い屋根《やね》の家《いえ》を見《み》ることができた。

「そうか……これが……」

まるで何《なに》かに導《みちび》かれるように、サイモンはベランダの手《て》すりへと手《て》を掛《か》けた。

「父《とう》さんの、メッセージ……か」

「ああ。父《とう》さんは、僕《ぼく》らが手《て》を取《と》り合《あ》うことを願《ねが》っていたんだ。だから、自分《じぶん》が死《し》んだ後《あと》、僕《ぼく》らが近《ちか》づくきっかけを作《つく》っていた」

「そういうことだったのか……」

亡《な》き父《ちち》の思《おも》いを知《し》り、サイモンの心《こころ》に込《こ》み上《あ》げてくる感謝《かんしゃ》の思《おも》いに押《お》し出《だ》されるように、その瞳《ひとみ》に涙《なみだ》が浮《う》かぶ。

「すまない、父《とう》さん。私《わたし》は父《とう》さんのそんな気持《きも》ちも知《し》らずに……うぅ……父《とう》さん……」

これまでずっと、父《ちち》のことで思《おも》い出《だ》すのは弟《おとうと》と比《くら》べられた日々《ひび》のこと。

しかし今《いま》は――これからは、違《ちが》う。

ちょうど、このベランダから見《み》える緑豊《みどりゆた》かな庭園《ていえん》で、ガーファンクルと一緒《いっしょ》に大好《だいす》きだった父《ちち》へと甘《あま》えた日々《ひび》のことだ。


……✦……


「父《とう》さん！」

「父《とう》さ〜ん！」

父《ちち》の下《もと》へと駆《か》け寄《よ》る幼《おさな》い頃《ころ》のサイモンとガーファンクル。

「おお、おまえたちか……」

駆《か》け寄《よ》ってくる息子《むすこ》たちを、バーナードは愛《いと》おしく見《み》つめた。

「いっちばーん！」

先《さき》に父《ちち》の下《もと》へ駆《か》け寄《よ》ったサイモンが、バーナードに飛《と》びついた。

「やった～っ！　僕《ぼく》が父《とう》さんと遊《あそ》ぶ～！」

「兄《にい》さん、ずるい～っ！」

「これこれ、ケンカするな」

バーナードは、そんな2人《ふたり》の息子《むすこ》を分《わ》け隔《へだ》てなく抱《だ》きしめた。

「兄弟《きょうだい》はな、ともに手《て》を取《と》り合《あ》っていくものだ」

そう言《い》って、バーナードはサイモンとガーファンクルの手《て》を取《と》り、重《かさ》ね合《あ》わせた。

「それが家族《かぞく》だ」

微笑《ほほえ》む父《ちち》の姿《すがた》を見《み》て、幼《おさな》かったサイモンの胸《むね》の奥《おく》に温《あたた》かい気持《きも》ちが芽生《めば》えたのだった。

そのときの気持《きも》ちを、サイモンは今《いま》の今《いま》まで忘《わす》れていた。

そのことを、今《いま》になってようやく思《おも》い出《だ》すことができた。


……　◆　……


「すまなかったな、弟《おとうと》よ……」

心《こころ》からの謝罪《しゃざい》の言葉《ことば》とともに、サイモンはガーファンクルに手《て》を差《さ》し伸《の》べた。

兄《あに》から差《さ》し伸《の》べられた手《て》に、ガーファンクルは驚《おどろ》くとともに、気恥《きは》ずかしそうな笑《え》みをこぼした。

「……いいさ」

差《さ》し伸《の》べられた兄《あに》の手《て》を、弟《おとうと》は力強《ちからづよ》く握《にぎ》り返《かえ》した。

それは、兄弟《きょうだい》の間《あいだ》を隔《へだ》てていた確執《かくしつ》が綺麗《きれい》に氷解《ひょうかい》する仲直《なかなお》りの握手《あくしゅ》だった。

4

「うう……本当《ほんとう》に良《よ》かったですね、カトリーさん」

長《なが》い間《あいだ》、誤解《ごかい》からすれ違《ちが》っていたサイモンとガーファンクルの兄弟《きょうだい》が固《かた》く握手《あくしゅ》を交《か》わしている姿《すがた》を見《み》て、ノアが感極《かんきわ》まったような声《こえ》を上《あ》げた。

「そうね……」

カトリーもノアと同《おな》じように、人《ひと》を食《く》らう家《いえ》のナゾだけでなく2人《ふたり》の間《あいだ》にあったわだかまりもとけて、本当《ほんとう》に良《よ》かったと思《おも》っていた。

「しかし……予想外《よそうがい》の展開《てんかい》だな」

思《おも》わぬ方向《ほうこう》へ転《ころ》がった事件《じけん》のあらましに、アスポワロの口《くち》から驚《おどろ》きとともに感心《かんしん》したようなセリフがこぼれ落《お》ちた。自分《じぶん》だったら、果《は》たしてこのナゾを解《と》き明《あ》かすことができただろうか——などと考《かんが》えてしまったのかもしれない。

「……はっ！」

そのときふと、横《よこ》からカトリーの視線《しせん》を感《かん》じてアスポワロはハッとなった。

「カトリー、さすがとは言《い》わんぞ。レイトン教授《きょうじゅ》の娘《むすめ》であるからには、このくらい、当然《とうぜん》のことだ」

「ふふふ」

まるで取《と》り繕《つくろ》うようなアスポワロの言葉《ことば》に、カトリーは笑《え》みを浮《う》かべた。彼女自身《かのじょじしん》、今《こん》回《かい》のナゾを解《と》き明《あ》かしたくらいで感心《かんしん》されるとは考《かんが》えていない。

だからカトリーは言《い》うのだ。

「現実《げんじつ》はいつも稀有《けう》なものなのです！」

第《だい》2話《わ》

カトリーエイルと悪魔《あくま》のドレス

1

コンコンコン――と、事務所《じむしょ》の扉《とびら》がノックされたのは、カトリーが来客用《らいきゃくよう》のソファに寝《ね》転《ころ》がりながら最新《さいしん》のファッション雑誌《ざっし》を読《よ》んでいたときだった。

「おっ!?」

扉《とびら》を叩《たた》いたノックの音《おと》が目覚《めざ》まし時計《どけい》とばかりに、カトリーはガバッと飛《と》び起《お》きた。

「依頼《いらい》？　依頼《いらい》!?」

いそいそと事務所《じむしょ》の入口《いりぐち》へ向《む》かうカトリー。その表情《ひょうじょう》は、新《あら》たなナゾが飛《と》び込《こ》んできたことをちっとも疑《うたが》っていない。目《め》をランランと輝《かがや》かせている。

それに比《くら》べ、床《ゆか》のクッションの上《うえ》で丸《まる》くなったシャーロは、ノックの音《おと》にピクリと反応《はんのう》したものの、「どうせセールスか何《なに》かだろ」と高《たか》をくくって、あくびをしていた。

「はぁ～い、ただいまーっ！」

果たして依頼者《いらいしゃ》かセールスか、カトリーがウキウキしながら扉《とびら》を開《あ》けると、そこには七《しち》三分《さんわ》けの髪型《かみがた》に眼鏡《めがね》を掛《か》けた男性《だんせい》が、不安《ふあん》そうな面持《おもも》ちで立《た》っていた。

「ようこそレイトン探偵社《たんていしゃ》へ！　ご依頼《いらい》――」

「助《たす》けてください！　私《わたし》は妻《つま》に殺《ころ》されるかもしれない！」

依頼者《いらいしゃ》だと信《しん》じて疑《うたが》っていなかったカトリーが話《はな》しかけたのを遮《さえぎ》る勢《いきお》いで、扉《とびら》の前《まえ》にいた男《おとこ》がカトリーよりも勢《いきお》いよく訴《うった》えかけてきた。

「……殺《ころ》される？」

頭《あたま》がぶつかりそうなほど身《み》を乗《の》り出《だ》す男《おとこ》に向《む》かって「落《お》ち着《つ》け」と言《い》わんばかりに押《お》し戻《もど》したカトリーは、それでも興味深《きょうみぶか》い一言《ひとこと》を聞《き》き逃《のが》さなかった。

「私《わたし》はいいんです！」

男《おとこ》は、その場《ば》で膝《ひざ》をつき、地面《じめん》に額《ひたい》をこすりつけるくらい頭《あたま》を下《さ》げてみせた。

「どうか！　どうか妻《つま》を……このオリビアを助《たす》けてやってください！」

「ちょっとアナタ、落《お》ち着《つ》いて！」

男《おとこ》の妻《つま》――と思《おも》われるオリビアが、土下座《どげざ》までして頼《たの》み込《こ》む男《おとこ》に寄《よ》り添《そ》って立《た》たせようとした。

「し、しかし……」

男《おとこ》は戸惑《とまど》うようにオリビアへ目《め》を向《む》ける。

「……？」

その様子《ようす》を目《ま》のあたりにしていたカトリーは、これはどういうことだろうと困惑顔《こんわくがお》。

「ん？　なんだ？」

事務所《じむしょ》の中《なか》でくつろいでいたシャーロも、騒《さわ》ぎを聞《き》きつけて顔《かお》を出《だ》してきた。

「おそらく妻《つま》は、何《なに》かに取《と》り憑《つ》かれてしまった……」

オリビアに促《うなが》されたからなのか、男《おとこ》は立《た》ち上《あ》がって事情《じじょう》を説明《せつめい》する。

「私《わたし》が、あのドレスを着《き》せてしまったから……」

「ドレス？」

「お願《ねが》いです！」

またもや首《くび》を傾《かし》げるカトリーに、男《おとこ》は切羽《せっぱ》詰《つ》まった様子《ようす》で詰《つ》め寄《よ》ってきた。

「悪魔《あくま》のドレスの呪《のろ》いを解《と》いてくだ——んぐっ⁉」

そしてカトリーも、詰《つ》め寄《よ》ってきた男《おとこ》を改《あらた》めて押《お》し返《かえ》す。だが、その表情《ひょうじょう》はワクワクしているときに見《み》せるキラキラした目《め》の輝《かがや》きがあった。

「悪魔《あくま》のドレス……とても面白《おもしろ》そうですね！」

……　✦　……　✦　……　✦　……

悪魔《あくま》のドレスの呪《のろ》いを解《と》いてほしい——そう依頼《いらい》してきた男《おとこ》の名《な》は、パステルといった。

今《いま》はレイトン探偵社《たんていしゃ》のソファに座《すわ》り、美味《おい》しそうなカップケーキと好奇心《こうきしん》で目《め》を輝《かがや》かせるカトリーを前《まえ》にしている。

「今日《きょう》はカップケーキがあるんですけど、あいにく紅茶《こうちゃ》を切《き》らしてまして……今《いま》、助手《じょしゅ》が買《か》いに行《い》ってますので」

「せっかくですが、紅茶《こうちゃ》もケーキも結構《けっこう》です。食欲《しょくよく》などありませんから……な？」

パステルは自分《じぶん》の横《よこ》に座《すわ》る女性《じょせい》——妻《つま》のオリビアに同意《どうい》を求《もと》めるように声《こえ》をかけた。

「…………」

そんな様子《ようす》を見《み》ていたカトリーは何《なに》か気《き》になるのか、しばし沈黙《ちんもく》した後《あと》に「では」と話《はな》を切《き》り出《だ》した。

「悪魔《あくま》のドレスの話《はなし》、聞《き》かせていただけますか？」

まるでそうすることが当然《とうぜん》とばかりに、テーブルの上《うえ》のカップケーキを手《て》に取《と》り、大《おお》きく口《くち》を開《あ》けて食《た》べ出《だ》しながら話《はなし》を促《うなが》した。

「おまえ1人《ひとり》で食《た》べるんかい！」

シャーロのツッコミは、どうやらパステルには聞《き》こえていないらしい。

「……そのドレスは、かつて2人《ふたり》で買《か》い物《もの》に行《い》ったときに見《み》つけたものでした」

パステルは、カトリーに促《うなが》されて問題《もんだい》のドレスを手《て》に入《い》れたときのことを話《はな》し始《はじ》めた。


……✦……

たくさんの人《ひと》や車《くるま》が行《ゆ》き交《か》う賑《にぎ》やかな街《まち》の中心部《ちゅうしんぶ》。そこには洋服店《ようふくてん》や飲食店《いんしょくてん》、お菓子屋《かしや》さんも通《とお》りに面《めん》しており、ショーウィンドウ越《ご》しに商品《しょうひん》がきらびやかに飾《かざ》られていた。

そんな中《なか》、オリビアの足《あし》がデパートの前《まえ》で止《と》まる。

——華《はな》やかで、それでいて上品《じょうひん》なドレス……それはオリビアの視線《しせん》を釘付《くぎづ》けにしました。

心《こころ》を奪《うば》われたかのように、オリビアはドレスに見《み》とれていた。

それに気《き》づいたパステルが戻《もど》って声《こえ》をかけても、オリビアはドレスを見続《みつづ》けていた。よっぽど気《き》に入《い》ったのだろう。

——とはいえ、私《わたし》はただの売《う》れない音楽家《おんがくか》です。お世辞《せじ》にも裕福《ゆうふく》とはいえず、そのような高価《こうか》なものを買《か》えるはずもない。私《わたし》たちはすぐにその場《ば》を後《あと》にしました。けれど……。

それからしばらくして、オリビアは重《おも》い病気《びょうき》を患《わずら》い、床《とこ》に伏《ふ》せるようになってしまった。ベッドに横《よこ》たわり、苦《くる》しそうにする愛《あい》すべき妻《つま》のために、パステルは何《なに》かしてやりたいと考《かんが》えたのだ。

——ベッドで過《す》ごす彼女《かのじょ》に、何《なに》か欲《ほ》しいものがないか聞《き》いたところ、『あのドレスが気《き》になる』と……。私《わたし》は彼女《かのじょ》に苦労《くろう》ばかりかけ、何《なに》もしてやれていない。そう思《おも》い、思《おも》い切《き》って買《か》うことにしたんです。

決《けっ》して裕福《ゆうふく》ではないパステルは、それでも愛《あい》する妻《つま》のためにとドレスの代金《だいきん》をなんとか用意《ようい》してデパートへ向《む》かった。

幸《さいわ》いにもデパートにはオリビアが見《み》とれたドレスは売《う》れずに残《のこ》っており、これで妻《つま》を喜《よろこ》ばせることができる……と、思《おも》ったのもつかの間《ま》のこと。

——店員《てんいん》は、『これは悪魔《あくま》のドレスだから』と売《う》るのを渋《しぶ》ったんです。しかし私《わたし》は、オカルトの類《たぐい》を信《しん》じないタチです。半《なか》ば強引《ごういん》に、そのドレスを購入《こうにゅう》しました。

念願《ねんがん》のドレスを買《か》うことができたパステルは、これでオリビアを喜《よろこ》ばせることができると嬉《うれ》しくなった。

家《いえ》へと戻《もど》り、パステルはドレスをオリビアへ贈《おく》った。

オリビアはさっそくドレスに着替《きが》え、パステルに披露《ひろう》する。それはそれは嬉《うれ》しそうな笑《え》顔《がお》を見《み》せてくれた。

——それを機《き》に、病気《びょうき》も嘘《うそ》のように回復《かいふく》し、幸《しあわ》せな時間《じかん》が戻《もど》ったのですが……ある日《ひ》から、彼女《かのじょ》に異変《いへん》が……。

オリビアの病気《びょうき》が回復《かいふく》し、幸《しあわ》せな時間《じかん》が戻《もど》って数日《すうじつ》経《た》ったある夜《よる》のこと。寝室《しんしつ》のベッドで眠《ねむ》っていたパステルは、寝苦《ねぐる》しさを覚《おぼ》え、ベッドがきしむ音《おと》で目《め》が覚《さ》めた。

何《なに》かがおかしい——そう思《おも》って目《め》を開《ひら》くと、そこには自分《じぶん》の上《うえ》に跨《また》がり、氷《こおり》のように凍《い》てついた表情《ひょうじょう》を浮《う》かべて刃物《はもの》を振《ふ》り上《あ》げるオリビアの姿《すがた》があった。

「うわぁっ！」

悲鳴《ひめい》を上《あ》げて身《み》をよじった直後《ちょくご》、刃物《はもの》が振《ふ》り下《お》ろされた。幸《さいわ》いにもよけることができたが、パステルは転《ころ》がるようにベッドから飛《と》び降《お》りた。

「ど……どうしたんだオリビア⁉」

気《き》が動転《どうてん》しながらパステルが呼《よ》びかける。いったいどんな理由《りゆう》があって、こんな危険《きけん》な真似《まね》をするのかさっぱりわからない。それに、あの表情《ひょうじょう》……まるで悪魔《あくま》に取《と》り憑《つ》かれたかのようだった。

それに対《たい》してオリビアは「……え？」と声《こえ》を上《あ》げて、パステルへと顔《かお》を向《む》ける。

「アナタ……どうしたの？」

その表情《ひょうじょう》は、キョトンと戸惑《とまど》ってはいるものの、いつもの愛《いと》しい妻《つま》のものだった。

……◆……

「それはまるで、かつて見《み》たホラー映画《えいが》のように、本当《ほんとう》に何《なに》かに取《と》り憑《つ》かれたような……」

信《しん》じてくれと言《い》わんばかりに訴《うった》えるパステルの話《はなし》を、カトリーは真剣《しんけん》な面持《おもも》ちでメモを取《と》っていた。

一緒《いっしょ》に話《はなし》を聞《き》いていたシャーロは、「マジかよ……」とでも言《い》わんばかりに驚《おどろ》きにまみれた表情《ひょうじょう》になっている。

「アナタ、寝《ね》ぼけていたんでしょう？」

「寝《ね》ぼけてなんていないさ」

隣《となり》から飛《と》んできたオリビアの言葉《ことば》を、パステルはきっぱり否定《ひてい》してカトリーに向《む》き直《なお》った。

「それからも、妻《つま》はいきなり花瓶《かびん》で殴《なぐ》ってきたり、階段《かいだん》から突《つ》き落《お》とそうとしたり……このままでは私《わたし》は——はっ!?」

そのとき、パステルは異様《いよう》な殺気《さっき》を感《かん》じて息《いき》をのんだ。

振《ふ》り向《む》けば、今《いま》まで少《すこ》し不安《ふあん》げだったオリビアの目《め》から生気《せいき》が消《き》え、悪魔《あくま》のごとき形相《ぎょうそう》になっていた。

「ああっ！　こっ、これです！　これが悪魔《あくま》に取《と》り憑《つ》かれた顔《かお》です！」

恐怖《きょうふ》に駆《か》られ、パステルが後《あと》ずさった。

その様子《ようす》には、さすがのカトリーも驚《おどろ》いた。メモを取《と》る手《て》を止《と》め、言葉《ことば》も出《で》ない。

「お願《ねが》いです！　この悪魔《あくま》の呪《のろ》いを解《と》いてください！」

「黙《だま》れ……黙《だま》れっ！」

「たっ、助《たす》けてーっ！」

恐怖《きょうふ》のあまりソファから転《ころ》げ落《お》ちたパステルは、床《ゆか》の上《うえ》を這《は》って逃《に》げようとする。

そんな夫《おっと》を、オリビアはゆらりと立《た》ち上《あ》がって静《しず》かに追《お》い詰《つ》めようとしていた。

「おい、ちょっと待《ま》ってくれカトリー！　これはどういう状況《じょうきょう》なんだ!?　俺《おれ》にはさっぱり見《み》えんぞ！」

シャーロでさえも、いったい目《め》の前《まえ》で何《なに》が起《お》きているのか理解《りかい》できない様子《ようす》だ。

と、そこへ「紅茶《こうちゃ》、買《か》ってきました」と、呑気《のんき》な声《こえ》を上《あ》げてノアが帰《かえ》ってくる。

「……え？」

それでも、すぐに事務所《じむしょ》の中《なか》で異常《いじょう》な事態《じたい》が起《お》きていることに気《き》づいたようだ。「ど、どうしたんですか!?」と、困惑《こんわく》した声《こえ》を上《あ》げた。

「悪魔《あくま》よ！」

ガタッ！　と椅子《いす》を蹴飛《けと》ばす勢《いきお》いで立《た》ち上《あ》がったカトリーが、声《こえ》を上《あ》げた。

「今《いま》、この部屋《へや》には私《わたし》たちに見《み》えない悪魔《あくま》がいて、取《と》り憑《つ》いているのよ！」

身振《みぶ》り手振《てぶ》りを交《まじ》え、大袈裟《おおげさ》な態度《たいど》でカトリーは宣言《せんげん》した。

「おい、嬉《うれ》しそうに言《い》うな！」

あまりにも芝居《しばい》がかったカトリーの態度《たいど》に、これは絶対《ぜったい》に楽《たの》しんでいるとシャーロは確《かく》信《しん》していた。

「パステルさん！」

そんなシャーロのツッコミも、エンジンのかかったカトリーには野暮《やぼ》なこと。

「悪魔《あくま》のドレスに取《と》り憑《つ》かれたドレスのナゾ！　その依頼《いらい》、このカトリーエイル・レイトンがお引《ひ》き受《う》けいたしましょう！」

堂々《どうどう》たる態度《たいど》で、パステルからの奇妙《きみょう》な依頼《いらい》を受《う》けることを了承《りょうしょう》するカトリー。

だが、当《とう》のパステルは悪魔《あくま》に取《と》り憑《つ》かれたオリビアに追《お》い詰《つ》められていて、それどころではなかった。

2

パステルから依頼《いらい》された悪魔《あくま》のドレスのことを調《しら》べるため、カトリーたちはドレスが売《う》られていたデパートへやってきた。

そのデパートの待合室《まちあいしつ》で、パステルは悪魔《あくま》に取《と》り憑《つ》かれたオリビアと一緒《いっしょ》にいる。今《いま》はすっかり元《もと》に戻《もど》っているが、事務所《じむしょ》で襲《おそ》われたショックはいまだに抜《ぬ》けきらないようで、ひどく疲《つか》れているようだった。

そんなパステルを連《つ》れ歩《ある》くのは邪魔《じゃま》……もとい、大変《たいへん》だろうと、ドレスを売《う》った店員《てんいん》に話《はなし》を聞《き》くのはカトリーとノアの2人《ふたり》と、犬《いぬ》のシャーロの役目《やくめ》だ。

「そんな、まさか……悪魔《あくま》のドレスの噂《うわさ》が本当《ほんとう》だったなんて！」

カトリーから事情《じじょう》を聞《き》いて、パステルにドレスを売《う》った女性《じょせい》の店員《てんいん》が驚《おどろ》きの声《こえ》を上《あ》げた。

コロコロッとした丸《まる》い体型《たいけい》に赤《あか》い頬《ほお》は愛嬌《あいきょう》たっぷりで、大《おお》きなリアクションもコミカルで可愛《かわい》らしい。

「すべて、ご存《ぞん》じなんですね？」

カトリーの問《と》いかけに、女性店員《じょせいてんいん》はコクコクと頷《うなず》いた。

「じゃあ、なんで売《う》ったんだ……？」

シャーロが呆《あき》れてぼやくが、残念《ざんねん》ながら、その声《こえ》は女性店員《じょせいてんいん》には言葉《ことば》として聞《き》こえていなかった。

「詳《くわ》しく聞《き》かせていただけますか？」

カトリーが話《はなし》を促《うなが》せば、女性店員《じょせいてんいん》は「私《わたし》も信《しん》じていなかったんです」と前置《まえお》きして、重々《おもおも》しく口《くち》を開《ひら》いた。

「ただ……そのドレスを手《て》にした者《もの》は、必《かなら》ず悪魔《あくま》に取《と》り憑《つ》かれる――と」

やはり悪魔《あくま》に取《と》り憑《つ》かれるのか――と、ノアが青《あお》い顔《かお》をしてゴクリと喉《のど》を鳴《な》らすが、対照的《たいしょうてき》にカトリーは、ワクワクしながらメモを取《と》っている。

「あのドレスは、これまで様々《さまざま》な方《かた》の手《て》を渡《わた》り歩《ある》いたそうなんですが、その全員《ぜんいん》が不幸《ふこう》に見舞《みま》われるらしく……このデパートに持《も》ち込《こ》んだ女性《じょせい》も事故《じこ》に遭《あ》ったとかで、それで譲《ゆず》り渡《わた》したと……」

「マジかよ……」

本当《ほんとう》に悪魔《あくま》が取《と》り憑《つ》いているとしか思《おも》えない話《はなし》が女性店員《じょせいてんいん》の口《くち》から飛《と》び出《だ》したことで、パステルの証言《しょうげん》もますます信憑性《しんぴょうせい》が高《たか》くなってくる。

ノアだけでなく、シャーロも青《あお》い顔《かお》をしていた。

「そんなドレス、どうして置《お》いてあったんですか？」

「不思議《ふしぎ》な魅力《みりょく》のあるドレスですから」

ノアの率直《そっちょく》な疑問《ぎもん》に、女性店員《じょせいてんいん》は答《こた》えた。

「その美《うつく》しさに引《ひ》き込《こ》まれ、取《と》り扱《あつか》うことにしたと聞《き》いています。それに、あくまで噂《うわさ》は噂《うわさ》ですから」

「封印《ふういん》しとけよ、買《か》っちゃうだろ……」

商魂《しょうこん》たくましいデパートの方針《ほうしん》に、シャーロは呆《あき》れてぼやいた。

「そのドレスを製作《せいさく》したブランドはわかりますか？」

「さあ……有名《ゆうめい》なブランドではありませんでしたね」

カトリーの質問《しつもん》に、女性店員《じょせいてんいん》は首《くび》を傾《かし》げた。が、答《こた》えてから何《なに》か思《おも》い出《だ》したようだ。

「あ、胸《むね》の部分《ぶぶん》に雪《ゆき》の結晶《けっしょう》のマークがあったので、それがブランドの印《しるし》なのかも」

「雪《ゆき》の結晶《けっしょう》……？」

「そうそう。ドレスと一緒《いっしょ》に受《う》け取《と》ったとされる写真《しゃしん》を保管《ほかん》してあります」

少々《しょうしょう》お待《ま》ちくださいと言《い》い残《のこ》し、女性店員《じょせいてんいん》がお店《みせ》の奥《おく》に引《ひ》っ込《こ》んだ。

それほど待《ま》たされることなく戻《もど》ってくると、その手《て》には１枚《まい》の写真《しゃしん》が握《にぎ》られていた。

「おそらく、ドレスの製造元《せいぞうもと》の場所《ばしょ》かと」

カトリーは女性店員《じょせいてんいん》から写真《しゃしん》を受《う》け取《と》った。

「これは……雪《ゆき》、ですかね？」

写真《しゃしん》を覗《のぞ》き込《こ》んだノアが、感想《かんそう》を口《くち》にする。

どこかの花畑《はなばたけ》のようだ。見渡《みわた》す限《かぎ》り一面《いちめん》に、白《しろ》い雪《ゆき》が積《つ》もっているように見《み》えた。

「でも、どこか不思議《ふしぎ》ですね。冬《ふゆ》っぽくないというか……」

ノアがそういう感想《かんそう》を抱《いだ》くのも無理《むり》はない。草原《そうげん》の上《うえ》には雪《ゆき》が降《ふ》り積《つ》もっているように見《み》えるが、手前《てまえ》の道路《どうろ》や遠《とお》くに見《み》える山《やま》には降《ふ》り積《つ》もっていないからだろう。

カトリーは、そんな写真《しゃしん》を裏返《うらがえ》してみた。

何《なに》か文字《もじ》が書《か》かれてある。

「スノータウン……」

それが、この写真《しゃしん》の地名《ちめい》のようだった。


……✦……✦……✦……


「やはりそうでしたか……」

カトリーが女性店員《じょせいてんいん》から聞《き》いた情報《じょうほう》を伝《つた》えると、パステルは自分《じぶん》の考《かんが》えが間違《まちが》っていなかったのだと思《おも》うと同時《どうじ》に、オリビアが本当《ほんとう》に悪魔《あくま》に取《と》り憑《つ》かれているのだと確信《かくしん》して、ますます気《き》が重《おも》くなった。

「……本当《ほんとう》に取《と》り憑《つ》かれていたってこと？　私《わたし》が？」

戸惑《とまど》うオリビアに、パステルは「そのようだ」と頷《うなず》いた。

「……今《いま》からドレスが作《つく》られた場所《ばしょ》へ行《い》ってみようと思《おも》います」

そんなパステルの様子《ようす》を見《み》て、カトリーが告《つ》げる。

「大丈夫《だいじょうぶ》ですか？　カトリーさんが悪魔《あくま》に取《と》り憑《つ》かれるなんてことは……」

「それはそれで、真相《しんそう》に近《ちか》づけるかもしれません」

「はい？」

あっけらかんとしたカトリーの態度《たいど》に、パステルは驚《おどろ》いた。悪魔《あくま》に取《と》り憑《つ》かれたオリビアの様子《ようす》を見《み》ているはずなのに、肝《きも》が据《す》わっていると思《おも》うべきか、楽天家《らくてんか》と思《おも》うべきか。

「さ、行《い》くわよ！　日帰《ひがえ》りの列車旅《れっしゃたび》〜！」

「あ、ちょっと！　……犬乗《いぬの》せていいのかな……」

ずんずん先《さき》へ行《い》くカトリーを、ノアは慌《あわ》てて追《お》いかけた。

「で、では私《わたし》たちは、近《ちか》くのカフェでお待《ま》ちしていますね」

「はーい！」

元気《げんき》な返事《へんじ》をするカトリーたちを見送《みおく》っていると、「あら、パステルさん」と声《こえ》をかけられた。

その声《こえ》に、ふとカトリーの足《あし》が止《と》まる。振《ふ》り返《かえ》って見《み》れば、品《ひん》の良《よ》い老貴婦人《ろうきふじん》がパステルに親《した》しげに声《こえ》をかけていた。

「まぁ、お久《ひさ》しぶり。チェロの方《ほう》はどう？　また演奏会《えんそうかい》があれば呼《よ》んでくださる？」

「はあ……実《じつ》は、チェロはもう……」

あまり触《ふ》れてほしくない話題《わだい》なのか、少《すこ》し困《こま》ったような表情《ひょうじょう》を浮《う》かべたパステルは、話《はなし》を変《か》えるために自分《じぶん》の隣《となり》に手《て》を向《む》けた。

「あ、妻《つま》のオリビアです。ご存《ぞん》じでしたよね？」

「ご無沙汰《ぶさた》しております」

夫《おっと》に話《はなし》を振《ふ》られて、オリビアは老貴婦人《ろうきふじん》に軽《かる》く会釈《えしゃく》をする。

「あ、あら、オリビアさんもお久《ひさ》しぶり」

老貴婦人《ろうきふじん》は、どこか戸惑《とまど》った様子《ようす》で会釈《えしゃく》した。

「…………」

カトリーは、そんなパステルと老貴婦人《ろうきふじん》のやりとりを、どこか訝《いぶか》しそうに見《み》ていたのだった。

……◆……◆……◆……

平原《へいげん》を走《はし》る列車《れっしゃ》の中《なか》、悪魔《あくま》のドレスの製作地《せいさくち》と思《おも》われるスノータウンという町《まち》を目指《めざ》して、カトリーはノアとシャーロを連《つ》れて向《む》かっていた。

「ふふふ」

そんな場所《ばしょ》へ向《む》かうカトリーは、満面《まんめん》の笑《え》みを浮《う》かべていた。

「サンドイッチ〜♪」

ナゾの手《て》がかりがあるかもしれない場所《ばしょ》へ向《む》かう前《まえ》に、カトリーの頭《あたま》の中《なか》は目《め》の前《まえ》の美《お》味《い》しそうなサンドイッチのことでいっぱいのようだ。

「あのな、ピクニックじゃないんだぞ」

カバンの中《なか》に押《お》し込《こ》まれているシャーロが、呑気《のんき》なカトリーに注意《ちゅうい》する。

「わかっているわよ。やっぱナゾトキってワクワクするわ」

「けど、僕《ぼく》には何《なに》がなんだかさっぱりで……」

向《む》かい合《あ》わせの座席《ざせき》で、カトリーの前《まえ》に座《すわ》っているノアが複雑《ふくざつ》な表情《ひょうじょう》を浮《う》かべていた。

「俺《おれ》もだ。話《はなし》がさっぱり見《み》えん」

シャーロもノアの意見《いけん》と同《おな》じらしい。

「あの、カトリーさんには見《み》えているんですか？」

聞《き》いてみれば、カトリーは「ううん、全然《ぜんぜん》」と首《くび》を横《よこ》に振《ふ》った。

かといって、それは何《なに》も見《み》えなくて困《こま》っているわけではないらしい。

「だから面白《おもしろ》いんじゃない」

グッと親指《おやゆび》を立《た》てて、カトリーは満面《まんめん》の笑《え》みを浮《う》かべた。

「はぁ……」

「けど、面白《おもしろ》がってばかりもいられないわ」

気楽《きらく》そうなカトリーだったが、しかし胸《むね》の内《うち》では事態《じたい》を重《おも》く受《う》け止《と》めていたらしい。

「早《はや》くドレスの真相《しんそう》をつかまないと、パステルさんが危《あぶ》ない」

「悪魔《あくま》に殺《ころ》されるってわけか……」

シャーロが深刻《しんこく》そうな表情《ひょうじょう》で呟《つぶや》いた。

そうしている間《あいだ》にも、列車《れっしゃ》は進《すす》む。

窓《まど》の外《そと》に見《み》える風景《ふうけい》は、どんどん建物《たてもの》の数《かず》がまばらになり、トンネルの中《なか》に入《はい》った。

ガタン、ゴトンと音《おと》を立《た》てて進《すす》む列車《れっしゃ》がトンネルを抜《ぬ》けると、外《そと》の景色《けしき》はカトリーたちが住《す》む町《まち》からは一変《いっぺん》していた。

荒野《こうや》が広《ひろ》がる景色《けしき》となっていた。

「……ここがスノータウン……」

「ずいぶん殺風景《さっぷうけい》だな」

ノアとシャーロは、写真《しゃしん》に写《うつ》っていた景色《けしき》よりも、さらに淋《さび》しい印象《いんしょう》を受《う》けたようだ。

「植物《しょくぶつ》が全部《ぜんぶ》、刈《か》り取《と》られてしまったみたいね」

「あんたたち、ここで降《お》りるのか？」

外《そと》の景色《けしき》を眺《なが》めていたカトリーたちに、居合《いあ》わせた乗客《じょうきゃく》の男性《だんせい》が声《こえ》をかけてきた。

「はい。ここ、スノータウンですよね？」

「今《いま》は〝滅《ほろ》びの町《まち》〟と呼《よ》ばれているがな」

「滅《ほろ》びの町《まち》……？」

なんだかおどろおどろしい表現《ひょうげん》に、カトリーたちは眉《まゆ》をひそめた。

「どういうことですか？」

「この町《まち》は、昔《むかし》はそれなりに栄《さか》えていた。だが、あるとき、奇妙《きみょう》な現象《げんしょう》が起《お》き始《はじ》めてな」

「奇妙《きみょう》な現象《げんしょう》？」

「この町《まち》の住人《じゅうにん》が、次々《つぎつぎ》と不可解《ふかかい》な死《し》を遂《と》げたんだよ。結局《けっきょく》、理由《りゆう》はわからず、悪魔《あくま》のしわざなんじゃないかと言《い》われて……死《し》ぬ者《もの》もいるわ、逃《に》げ出《だ》す者《もの》もいるわで、あっという間《ま》に町全体《まちぜんたい》が滅《ほろ》んじまったわけさ」

男性乗客《だんせいじょうきゃく》の身震《みぶる》いするような話《はなし》を聞《き》きながら、カトリーはデパートで手《て》に入《い》れた写真《しゃしん》に視線《しせん》を落《お》とした。

雪《ゆき》が降《ふ》り積《つ》もっている花畑《はなばたけ》の写真《しゃしん》と、現実《げんじつ》で目《め》にした荒野《こうや》と化《か》した現在《げんざい》のスノータウン。そして、不可解《ふかかい》な死《し》を遂《と》げたという町《まち》の住人《じゅうにん》たちの話《はなし》。

「それって、悪魔《あくま》のドレスと関係《かんけい》あるんでしょうか……？」

ノアが疑問《ぎもん》に思《おも》うのも無理《むり》はない。あまりに不可解《ふかかい》な町《まち》の異変《いへん》は、パステルが解決《かいけつ》を依頼《いらい》してきた悪魔《あくま》のドレスと同《おな》じように不可解《ふかかい》だ。

「見《み》ての通《とお》り、今《いま》じゃただの原《はら》っぱだ」

男性乗客《だんせいじょうきゃく》は、そろそろスノータウンの駅《えき》に到着《とうちゃく》しようとする列車《れっしゃ》の窓《まど》を指《ゆび》さした。

「さすがにもう大丈夫《だいじょうぶ》だろうってんで、広《ひろ》く空《あ》いた土地《とち》にレジャー施設《しせつ》を作《つく》る再開発《さいかいはつ》の話《はなし》もあるんだが……噂《うわさ》じゃ1人《ひとり》、立《た》ち退《の》かない奴《やつ》がいるらしい」

「人《ひと》がいるんですか？」

話《はなし》を聞《き》いていた限《かぎ》りでは、町《まち》の住人全員《じゅうにんぜんいん》が逃《に》げ出《だ》したような印象《いんしょう》だっただけに、人《ひと》が残《のこ》っているとは意外《いがい》だった。よほどの物好《ものず》きか、怖《こわ》い物知《ものし》らずとしか思《おも》えない。

「東《ひがし》の方《ほう》にこもって、奇妙《きみょう》な独《ひと》り言《ごと》を言《い》う魔女《まじょ》がいるって噂《うわさ》だ」

「魔女《まじょ》……？」

男性乗客《だんせいじょうきゃく》の言葉《ことば》に、カトリーが反応《はんのう》した。

魔女《まじょ》というのも、なんだかオカルトチックな話《はなし》だ。ただでさえ〝悪魔《あくま》のドレス〟などという、常識《じょうしき》では考《かんが》えられないナゾを解《と》き明《あ》かそうとしているのに。

「うー……カトリーさん、やっぱり降《お》りるのはやめた方《ほう》が……」

ますます不穏《ふおん》な空気《くうき》を感《かん》じたノアが、このまま引《ひ》き返《かえ》すことを提案《ていあん》する。

「……あれ？」

気《き》がつけば、今《いま》まで目《め》の前《まえ》に座《すわ》っていたカトリーの姿《すがた》が消《き》えていた。

いったいどこへ——と、考《かんが》える必要《ひつよう》もない。停車《ていしゃ》した列車《れっしゃ》の外《そと》、スノータウンの駅《えき》にいち早《はや》く降《お》り立《た》っていたからだ。

「もう降《お》りてる！」

「あいつが引《ひ》き返《かえ》すわけねーだろ」

シャーロのもっともな意見《いけん》を耳《みみ》に、ノアはカトリーの後《あと》を慌《あわ》てて追《お》いかけた。


……◆……◆……◆……


カトリーたちがスノータウンに到着《とうちゃく》したちょうどその頃《ころ》、パステルは駅《えき》の近《ちか》くにある喫《きっ》茶店《さてん》で帰《かえ》りを待《ま》っていた。

「どうぞ、パステルさん」

注文《ちゅうもん》していたコーヒーが届《とど》く。顔《かお》なじみの男性店員《だんせいてんいん》が、愛想《あいそ》の良《よ》い笑顔《えがお》でパステルの前《まえ》にカップを置《お》いた。

「オリビアさんも、どうぞ」

注文《ちゅうもん》した飲《の》み物《もの》は、もちろん2人分《ふたりぶん》だ。店員《てんいん》はパステルの対面《たいめん》の席《せき》にカップを置《お》いてから、「どうぞ、ごゆっくり」とお辞儀《じぎ》をして去《さ》っていった。

「今日《きょう》はケーキはいいのかい？　最近《さいきん》、全然《ぜんぜん》食《た》べないじゃないか。ひょっとして、また病気《びょうき》が……」

自分《じぶん》と同《おな》じとはいえ、飲《の》み物《もの》しか頼《たの》まないオリビアの様子《ようす》を心配《しんぱい》するパステル。今《いま》だって、注文《ちゅうもん》の飲《の》み物《もの》はオリビアが頼《たの》んだわけではない。パステルが、自分《じぶん》と同《おな》じものを店員《てんいん》にお願《ねが》いしたのだ。

「ひょっとして、まだ病気《びょうき》が……」

「違《ちが》うわよ」

「……本当《ほんとう》はわかっているんだ……」

それなのにパステルは、どうしてそこまでと思《おも》うほど自虐的《じぎゃくてき》だった。

「おまえの不満《ふまん》の原因《げんいん》は、私《わたし》のふがいなさだろう？　オリビア、私《わたし》は生《う》まれ変《か》わろうと思《おも》ってる。新《あたら》しい仕事《しごと》が見《み》つかったら、貧《まず》しくても幸《しあわ》せな家庭《かてい》を――」

ガタッ、と妙《みょう》な音《おと》が聞《き》こえて、うつむいていたパステルが顔《かお》を上《あ》げる。途端《とたん》に、その顔《かお》色《いろ》が真《ま》っ青《さお》になった。

悪魔《あくま》がそこにいた。いや、正確《せいかく》には悪魔《あくま》に取《と》り憑《つ》かれたオリビアが、テーブルの上《うえ》に立《た》ち、悪魔《あくま》のごとき形相《ぎょうそう》でパステルのことを睨《にら》んでいた。

「うわぁっ！」

悪魔《あくま》に取《と》り憑《つ》かれたオリビアの姿《すがた》が、しかも町《まち》の中《なか》にある喫茶店《きっさてん》で現《あらわ》れたこともあって、パステルは椅子《いす》から転《ころ》げ落《お》ちるほどに驚《おどろ》いた。

「オリビア、落《お》ち着《つ》きなさい！」

「パステルさん、大丈夫《だいじょうぶ》ですか⁉」

怯《おび》えるパステルに、騒《さわ》ぎを耳《みみ》にして先《さき》ほどの店員《てんいん》が慌《あわ》てて駆《か》けつけてきた。

「オッ、オリビアさんも落《お》ち着《つ》いて！」

店員《てんいん》が必死《ひっし》になってオリビアをなだめようと、テーブルに目《め》を向《む》けて声《こえ》を張《は》る。

しかしオリビアは、そんな店員《てんいん》にちらりとも目《め》を向《む》けることなく、怒《いか》りの表情《ひょうじょう》でパステルを睨《にら》みつけて微動《びどう》だにしない。

そんな視線《しせん》にさらされたパステルの表情《ひょうじょう》は、恐怖《きょうふ》に彩《いろど》られていた。


……✦……✦……✦……


町《まち》の喫茶店《きっさてん》でそんな騒《さわ》ぎが起《お》きていた頃《ころ》、スノータウンに到着《とうちゃく》したカトリーたちは、人影《ひとかげ》のない淋《さび》しい道《みち》を歩《ある》いていた。

「……あっ！」

駅《えき》からどれくらい歩《ある》いただろう。カトリーたちの目《め》の前《まえ》に、1軒《けん》の家《いえ》が現《あらわ》れた。

「あのマーク」

駅《えき》から東《ひがし》に進《すす》んだ場所《ばしょ》に建《た》つ一軒家《いっけんや》。その家《いえ》の軒下《のきした》には、雪《ゆき》の結晶《けっしょう》をかたどったマークが描《えが》かれていた。

確《たし》か、デパートの女性店員《じょせいてんいん》から聞《き》いた悪魔《あくま》のドレスに施《ほどこ》されていたブランドマークも雪《ゆき》の結晶《けっしょう》をかたどったもののだったはずだ。

「あ、この花《はな》！」

カトリーが雪《ゆき》の結晶《けっしょう》のマークに目《め》を奪《うば》われていると、ノアが家《いえ》の前《まえ》にある花壇《かだん》に目《め》を留《と》めて声《こえ》を上《あ》げた。しかも、何故《なぜ》かそこだけに雪《ゆき》が積《つ》もっているように見《み》える。

軒下《のきした》の雪《ゆき》の結晶《けっしょう》のマークから、すぐに雪《ゆき》が積《つ》もった花壇《かだん》に近《ちか》づくカトリー。ダテ虫眼鏡《むしめがね》を取《と》り出《だ》し、雪《ゆき》の積《つ》もった花《はな》を一輪《いちりん》だけ抜《ぬ》いて詳《くわ》しく観察《かんさつ》してみる。

「……これは――」

そのとき、ガサッと地面《じめん》の砂利《じゃり》を踏《ふ》みつける音《おと》が聞《き》こえた。

「ッ!?　誰《だれ》かいる！」

「えっ？　あっ、カトリーさん！」

ノアが呼《よ》びかけるのも聞《き》かず、カトリーは足音《あしおと》の気配《けはい》を追《お》いかけていた。

確《たし》かに人《ひと》がいた。足《あし》が見《み》えたのだ。

その人影《ひとかげ》は脇道《わきみち》に入《はい》り、雪《ゆき》の結晶《けっしょう》のマークが描《えが》かれている家《いえ》の横《よこ》に入《はい》っていった。もしかすると、この家《いえ》の関係者《かんけいしゃ》なのかもしれない。

できれば捕《つか》まえて、詳《くわ》しい話《はなし》を聞《き》きたい。

その一心《いっしん》で後《あと》を追《お》いかけたカトリーは、脇道《わきみち》に足《あし》を踏《ふ》み込《こ》んだ――その直後《ちょくご》。

「ッ!」

あまりの驚《おどろ》きに、足《あし》が止《と》まってしまった。手《て》に持《も》っていた雪《ゆき》の積《つ》もった一輪《いちりん》の花《はな》も、ぽろりと落《お》としてしまうほどに。

「パ……」

そこにいたのは、シルクハットをかぶった英国紳士《えいこくしんし》。これまで数々《かずかず》のナゾを解《と》き明《あ》かし、そして今《いま》は行方《ゆくえ》がわからない、あの人《ひと》だ。

「パパ……?」

カトリーが、声《こえ》を震《ふる》わせた。

その後《うし》ろ姿《すがた》は間《ま》違《ちが》いない。間違《まちが》えようなど、あるはずもない。

何故《なぜ》ここにいるのか、ここで何《なに》をしているのかわからないけれど、そこにいるのはカトリーがこの世界《せかい》で〝パパ〟と呼《よ》ぶただひとりの人物《じんぶつ》、エルシャール・レイトンだった。

「誰《だれ》だい、私《わたし》の庭《にわ》にいるのは!」

そのとき、雪《ゆき》の結晶《けっしょう》マークが描《えが》かれた家《いえ》から、鋭《するど》い声《こえ》が飛《と》んできた。

「あ、いえ！　あの」

現《あらわ》れたのは年老《としお》いた女性《じょせい》だった。雪《ゆき》の結晶《けっしょう》マークの家《いえ》から出《で》てきたということは、彼女《かのじょ》が住人《じゅうにん》らしい。

けれど今《いま》のカトリーには、それ以上《いじょう》に大切《たいせつ》なことがある。

「あそこに私《わたし》の、パ――」

カトリーは自分《じぶん》の父《ちち》に再《ふたた》び目《め》を向《む》けたが、そこには誰《だれ》もいない。行《い》き止《ど》まりで、森《もり》のように木々《きぎ》がうっそうと茂《しげ》っているだけだった。

「カトリーさん、どうしたんです⁉」

追《お》いかけてきたノアが不思議《ふしぎ》そうに声《こえ》をかけてくる。

その問《と》いかけに、カトリーは答《こた》えられなかった。

父《ちち》が逃《に》げた――というのも、どこか違《ちが》うような気《き》がする。幽霊《ゆうれい》のように、忽然《こつぜん》と姿《すがた》を消《け》したというのが、正《ただ》しい。

「立《た》ち退《の》きなら、しないと言《い》ったはずだよ！　ここは、代々受《だいだいう》け継《つ》がれてきた大事《だいじ》な家《いえ》なんだ！」

老女《ろうじょ》から飛《と》んできた苦情《くじょう》に、カトリーは父《ちち》・レイトンが消《き》えたことからようやく立《た》ち直《なお》り、彼女《かのじょ》の方《ほう》へ顔《かお》を向《む》けた。

「アナタ……魔女《まじょ》、ですか？」

思《おも》わずそんな言葉《ことば》で聞《き》いてしまった。

列車《れっしゃ》の中《なか》で乗客《じょうきゃく》の男性《だんせい》から、そういう風《ふう》に聞《き》いていたせいもあるのだろう。

スノータウンの駅《えき》から東《ひがし》の外《はず》れに位置《いち》する家《いえ》で、ボサボサの白《しろ》い髪《かみ》に鷲鼻《わしばな》という見《み》た目《め》も関係《かんけい》している。彼女《かのじょ》は、いかにも魔女《まじょ》らしい姿《すがた》をしていた。

そしてその手《て》には、件《くだん》の雪《ゆき》が降《ふ》り積《つ》もったような植物《しょくぶつ》を花束《はなたば》のように抱《かか》えている——ということは、雪《ゆき》の結晶《けっしょう》マークの家《いえ》の主《あるじ》でもあるはずだ。

「なんだい、ご挨拶《あいさつ》だねえ」

老女《ろうじょ》はどこかムッとしたように表情《ひょうじょう》をしかめて、カトリーを睨《にら》みつけた。

「うちは仕立屋《したてや》だよ。地上《じあ》げ屋《や》じゃないなら注文《ちゅうもん》かい？　お嬢《じょう》さん」

カトリーはちらりと部屋《へや》の中《なか》へ目《め》を向《む》けた。室内《しつない》には、マネキンやミシン、メジャーといった裁縫道具《さいほうどうぐ》が確《たし》かにある。

魔女《まじょ》ではなく、洋服《ようふく》の仕立屋《したてや》というのは事実《じじつ》のようだ。

となると、悪魔《あくま》のドレスを作《つく》ったのもこの女性《じょせい》なのかもしれない。

「ここに、おひとりでお住《す》まいなんですか？」

「だったらなんなのさ？　ふん……ははあ、わかったよ。私《わたし》がひとり暮《ぐ》らしだと思《おも》って、世話《せわ》しに来《き》たってんだろう？　おい、オリビア。出《で》ておいで！」

「オリビア？」

老女《ろうじょ》の口《くち》から思《おも》いもよらぬ名前《なまえ》が飛《と》び出《だ》して、カトリーたちは驚《おどろ》いた。

「オリビアって……」

戸惑《とまど》うノアの言葉《ことば》に、老女《ろうじょ》は「私《わたし》の娘《むすめ》さ」と自慢《じまん》げに答《こた》え、手招《てまね》きをした。

「オリビア、挨拶《あいさつ》しな」

「え……？」

「これは、どういうことだ？」

その状況《じょうきょう》に、ノアとシャーロが戸惑《とまど》いの声《こえ》を上《あ》げる。

老女《ろうじょ》が声《こえ》をかけると、現《あらわ》れた女性《じょせい》はカトリーたちに深々《ふかぶか》とお辞儀《じぎ》をした。

「初《はじ》めまして、オリビアと申《もう》します」

いったい何《なに》がどうなっているのか、さっぱりわからない。

だが、カトリーだけは違《ちが》う。

「……そういうことでしたか」

カトリーは気《き》づいた。

雪《ゆき》の結晶《けっしょう》のマークに、雪《ゆき》の積《つ》もったような花《はな》。

滅《ほろ》びの町《まち》と呼《よ》ばれるスノータウンと、雪《ゆき》が積《つ》もったような花《はな》を持《も》って現《あらわ》れた魔女《まじょ》。

そして、パステルの妻《つま》であるオリビアと、魔女《まじょ》の家《いえ》にいるオリビア。

この、あり得《え》ないナゾが示《しめ》すのは、たったひとつの真実《しんじつ》。

「すべてのナゾは解明《かいめい》されました」

「ほんとですか⁉」

「ほんとかよ⁉　こっちはむしろ、ナゾが深《ふか》まったぞ？」

ノアとシャーロはますます混乱《こんらん》しているが、カトリーの目《め》は自信《じしん》に満《み》ちあふれていた。

一刻《いっこく》も早《はや》く町《まち》に戻《もど》り、今回《こんかい》のナゾを解《と》いた方《ほう》がいいと確信《かくしん》した。

そのためには――。
カトリーたちは、町《まち》へ戻《もど》る列車《れっしゃ》へ飛《と》び乗《の》った。

3

スノータウンを後《あと》にしたカトリーたちが町《まち》へ戻《もど》ってきた頃《ころ》には、夕方《ゆうがた》になっていた。

それでもパステルは、駅《えき》の近《ちか》くにある喫茶店《きっさてん》で待《ま》っていた。

「カトリーさん、お帰《かえ》りなさい！　どうでしたか？」

不安《ふあん》と期待《きたい》をまぜこぜにしたパステルの問《と》いかけに、カトリーは「すべてのナゾは解明《かいめい》されました」と告《つ》げる。

「本当《ほんとう》ですか!?」

自信《じしん》を覗《のぞ》かせるカトリーに、パステルはホッとした表情《ひょうじょう》で喜《よろこ》んだ。

「人《ひと》に不幸《ふこう》をもたらす悪魔《あくま》のドレス……それは」

「それは……？」

「心《こころ》にまとう、現実逃避《げんじつとうひ》のドレスだったのです！」

「まったく意味《いみ》がわからん！」

「どういうことですか⁉」

ズバリと告《つ》げたカトリーの端的《たんてき》な説明《せつめい》に、シャーロとノアから一斉《いっせい》にツッコミが入《はい》った。

パステルも同《おな》じ気持《きも》ちなのだろう、きょとんとしている。

「このナゾは、たとえるなら英国《えいこく》を代表《だいひょう》するお菓子《かし》、ファッジのようなもの。甘《あま》く濃厚《のうこう》だけど、口《くち》に入《い》れたら溶《と》けてしまう、そんな、はかないナゾ……」

「余計《よけい》にわからん！」

シャーロが混乱《こんらん》するのも無理《むり》はない。

ファッジというお菓子《かし》は、砂糖《さとう》と牛乳《ぎゅうにゅう》、それにバターを材料《ざいりょう》にしたお菓子《かし》だ。口《くち》に入《い》れれば、カトリーが言《い》うようにほろほろと溶《と》けて消《き》える口当《くちあ》たりだが、それが今回《こんかい》のナゾとどういう風《ふう》に一緒《いっしょ》なのか、シャーロでなくとも「わからん！」と言《い》いたくなるだろう。

「では、説明《せつめい》しましょう！　この悪魔《あくま》に取《と》り憑《つ》かれた人々《ひとびと》と、ドレスにまつわる全貌《ぜんぼう》を！」

高《たか》らかに宣言《せんげん》し、カトリーは顎《あご》に手《て》を当《あ》てるおなじみの推理《すいり》ポーズを取《と》った。

「すべてのことは、悪魔《あくま》のドレスが見《み》せた幻覚《げんかく》が原因《げんいん》だったのです」

「ドレスが見《み》せた……幻覚《げんかく》？」

真相《しんそう》を語《かた》るカトリーの言葉《ことば》に、パステルはまだよくわからないように首《くび》を傾《かし》げた。

「世界《せかい》の植物《しょくぶつ》には幻覚《げんかく》を見《み》せる作用《さよう》を持《も》つものがたくさんあります。あのドレスが作《つく》られた町《まち》にあったこの植物《しょくぶつ》も、その一種《いっしゅ》でした」

そう言《い》って、カトリーは上着《うわぎ》のポケットからデパートで譲《ゆず》り受《う》けたスノータウンの写真《しゃしん》をパステルに見《み》せた。

「これは……雪《ゆき》の積《つ》もった花《はな》？」

「それは雪《ゆき》ではありません」

写真《しゃしん》を見《み》たパステルの率直《そっちょく》な感想《かんそう》を、カトリーは否定《ひてい》する。

「コットンボールです」

「そうか！　これは綿《わた》の花《はな》だったんですね!?」

ノアはすぐにピンときた。コットンボールとは、つまり〝綿《わた》の玉《たま》〟ということ。そして綿《わた》は、カイコから採《と》れるものもあるが、大半《たいはん》は植物《しょくぶつ》の繊維《せんい》を集《あつ》めたものだ。

「この町《まち》では、かつて綿《わた》が栽培《さいばい》されていました。けれど、その植物《しょくぶつ》があるとき、突然変異《とつぜんへんい》によって触《ふ》れた者《もの》に幻覚作用《げんかくさよう》をもたらすようになった。おかげで混乱《こんらん》が生《う》まれ、住民《じゅうみん》は怒《おこ》ったり、叫《さけ》んだり、ある者《もの》は死《し》に、ある者《もの》は町《まち》から逃《に》げ出《だ》し……そして、町《まち》は滅《ほろ》びた……」

「それが……滅《ほろ》びの町《まち》の真実《しんじつ》……」

あまりにも壮絶《そうぜつ》な話《はなし》に、ノアがおののいてゴクリと喉《のど》を鳴《な》らした。

「そして、その綿《わた》によって紡《つむ》がれた例《れい》のドレスも、幻覚作用《げんかくさよう》をもたらし、手《て》にした者《もの》を豹《ひょう》変《へん》させた」

「その結果《けっか》、不幸《ふこう》な運命《うんめい》に導《みちび》く悪魔《あくま》のドレスになった……そういうことですね？」

ノアの言葉《ことば》に、カトリーは深《ふか》く頷《うなず》く。

「なんということだ……！」

カトリーが語《かた》る真実《しんじつ》に、パステルは愕然《がくぜん》として頭《あたま》を抱《かか》えた。

「オリビア、お前《まえ》は幻覚《げんかく》を見《み》ていたのか？　それで豹変《ひょうへん》してしまったんだな？　苦《くる》しかっただろう……」

パステルは傍《かたわ》らにいるオリビアを気遣《きづか》うように声《こえ》をかけた――が、返《かえ》ってくる言葉《ことば》はなく、なんの反応《はんのう》もない。

「どうした？　オリビア」

「まだ、おわかりになってないようですね……」

そんなパステルの様子《ようす》に、カトリーは少《すこ》し戸惑《とまど》うように言《い》う。

「え？」

「大変申《たいへんもう》し上《あ》げにくいことですが……オリビアさんはこの場所《ばしょ》にはいません」

「……は？　何《なに》を……」

「ドレスの作用《さよう》による幻覚《げんかく》を見《み》ていたのは……アナタの方《ほう》です、パステルさん」

意《い》を決《けっ》して告《つ》げるカトリーの言葉《ことば》に、パステルは息《いき》をのむ。

何《なに》を馬鹿《ばか》なことを――そんなセリフが喉元《のどもと》まで出《で》かかったが、真剣《しんけん》な面持《おもも》ちのカトリーを前《まえ》に、反論《はんろん》すべき言葉《ことば》を失《うしな》った。

「私《わたし》たちには、最初《さいしょ》からオリビアさんの姿《すがた》など見《み》えていませんでした」

「そ、そういうことだったんですね！」

「ようやく納得《なっとく》したぞ！」

ノアとシャーロは、我《わ》が意《い》を得《え》たりとばかりに声《こえ》を上《あ》げた。

そう――ノアもシャーロも、パステルが事務所《じむしょ》に依頼《いらい》をしに来《き》たときから『オリビア』なる女性《じょせい》の姿《すがた》を一度《いちど》も見《み》ていなかった。そもそもシャーロは「俺《おれ》にはさっぱり見《み》えんぞ！」と口《くち》にしていたくらいだ。

何《なに》よりカトリーは、依頼内容《いらいないよう》を詳《くわ》しく聞《き》いていたときに、パステルが1人《ひとり》で会話《かいわ》する姿《すがた》に疑問《ぎもん》を持《も》っていた。

「驚《おどろ》きはしましたが、そのことこそ悪魔《あくま》のドレスの存在以上《そんざいいじょう》に、私《わたし》たちが解《と》くべきナゾだと考《かんが》えたのです」

「……何《なに》を言《い》ってるんですか？　オリビアが幻覚《げんかく》？」

それでも信《しん》じられないパステルが、呆然《ぼうぜん》とカトリーの説明《せつめい》を反《はん》すうする。

「ここにいるじゃないですか……」

「……そのドレスを手《て》にした者《もの》は、悪魔《あくま》に取《と》り憑《つ》かれる……。アナタは、ドレスに触《ふ》れましたね？」

「……………！」

確《たし》かに、パステルはドレスに触《ふ》れている。オリビアよりも先《さき》に、悪《あく》魔《ま》のドレスに触《ふ》れていた。デパートで購入《こうにゅう》したのは、他《ほか》の誰《だれ》でもない、パステル自身《じしん》なのだから。

「その効果《こうか》は、私自身《わたしじしん》も確認《かくにん》しました」

カトリーは悪《あく》魔《ま》のドレスに直接触《ちょくせつふ》れてはいない。けれど、悪《あく》魔《ま》のドレスの材料《ざいりょう》になった綿《わた》、つまり雪《ゆき》が降《ふ》り積《つ》もったような植物《しょくぶつ》には触《ふ》れている。

スノータウンを訪《おとず》れた際《さい》、1軒《けん》の家《いえ》の前《まえ》で問題《もんだい》の植物《しょくぶつ》を1輪《りん》ちぎって手《て》にした直後《ちょくご》、行《ゆく》方不明《えふめい》の父《ちち》・レイトンの姿《すがた》を見《み》たときだ。

あれは雪《ゆき》の積《つ》もった花《はな》が見《み》せた、幻《まぼろし》のレイトンだったのだ。

「そ、そんな……！　それなら本物《ほんもの》のオリビアは!?　彼女《かのじょ》は今《いま》……あ、ああ……！」

その瞬間《しゅんかん》、パステルは、とある記《き》憶《おく》を取《と》り戻《もど》した。

それはまさに、悪《あく》魔《ま》のドレスをデパートで買《か》った日《ひ》のことだった。

病《びょう》気《き》だったオリビアが気《き》にかけていたドレス。そのドレスを購入《こうにゅう》し、急《いそ》いで家《いえ》へと帰《かえ》ってきたパステルは、これで愛《あい》する妻《つま》が喜《よろこ》んでくれると思《おも》っていた。

しかし現実《げんじつ》は違《ちが》った。

パステルが家《いえ》に帰《かえ》り着《つ》いたとき、オリビアはすでに――。

「彼女《かのじょ》は……オリビアは、もう……！」

めまいがする。息《いき》が苦《くる》しい。

そんなはずはない――と否定《ひてい》する気持《きも》ちがある一方《いっぽう》で、思《おも》い出《だ》した記憶《きおく》こそ真実《しんじつ》だとわかっている。

パステルは、今《いま》まで確《たし》かに自分《じぶん》の隣《となり》にいたオリビアへ、すがるように目《め》を向《む》けた。

その姿《すがた》は、蜃気楼《しんきろう》のように薄《うす》く、はかなく、消《き》えかかっていた。

「オリビア！」

消《け》すものかとばかりに、パステルはオリビアに手《て》を伸《の》ばして捕《つか》まえようとした。

だが、その手《て》が触《ふ》れる直前《ちょくぜん》にオリビアの姿《すがた》は消《き》えてしまった。

忽然《こつぜん》と、跡形《あとかた》もなく消《き》えてしまったのだ。

「ああ……ああああぁぁ～っ！」

崩《くず》れ落《お》ちるように膝《ひざ》をつき、声《こえ》を荒《あら》らげて泣《な》き崩《くず》れるパステル。

「……先《さき》ほど、病院《びょういん》に確認《かくにん》しました」

そんなパステルに、カトリーは静《しず》かに告《つ》げる。

「彼女《かのじょ》の病気《びょうき》は治《なお》ることがなかったのですね。そのショックが引《ひ》き金《がね》となり、アナタはオリビアさんの幻覚《げんかく》を作《つく》り出《だ》した。彼女《かのじょ》の幻覚《げんかく》がアナタを苦《くる》しめ、殺《ころ》そうとまでしたのは、アナタ自身《じしん》の罪悪感《ざいあくかん》が作《つく》り出《だ》したものだったから」

「……私《わたし》は目《め》を背《そむ》けていたのですね。この現実《げんじつ》から……」

がくりとうなだれるパステルが、声《こえ》を絞《しぼ》り出《だ》すように呟《つぶや》いた。

「私《わたし》は、彼女《かのじょ》に何《なに》ひとつしてやれなかった。貧《まず》しい暮《く》らしに付《つ》き合《あ》わせておきながら……」

後悔《こうかい》の念《ねん》を口《くち》にするパステルに、カトリーは慰《なぐさ》めるように推理《すいり》の続《つづ》きを披露《ひろう》する。

「……アナタは最後《さいご》に、自分《じぶん》の商売道具《しょうばいどうぐ》であるチェロを質《しち》に入《い》れ、そのお金《かね》でドレスを購入《こうにゅう》した。彼女《かのじょ》を喜《よろこ》ばせたかったのですね」

「その通《とお》りです……。彼女《かのじょ》がもう長《なが》くないと知《し》り、私《わたし》は手紙《てがみ》を書《か》こうと思《おも》いました。けれど、その思《おも》いを言葉《ことば》に綴《つづ》ることさえできない……。私《わたし》は、音楽《おんがく》ばかりやっていた自分《じぶん》を初《はじ》めて呪《のろ》いました」

オリビアが亡《な》くなる前《まえ》に、パステルは書斎《しょさい》でデスクに向《む》かい、何度《なんど》も手紙《てがみ》を書《か》こうとペンを手《て》に取《と》った。

けれど、いざ書《か》き始《はじ》めると言葉《ことば》が出《で》てこず、もどかしさで悔《くや》し涙《なみだ》があふれた。楽譜《がくふ》に音符《おんぷ》をのせて曲《きょく》を作《つく》ることならいくらでもできたのに、愛《あい》する妻《つま》への最後《さいご》の手紙《てがみ》を書《か》くことは、結局《けっきょく》できなかったのだ。

その代《か》わりに、パステルが思《おも》いついたのがドレスを贈《おく》ることだった。

「彼女《かのじょ》の笑顔《えがお》が見《み》られるなら、もう音楽《おんがく》に未練《みれん》はない……。心《こころ》からそう思《おも》い、楽器《がっき》を売《う》ることにしたのです。けれど、そのドレスさえ渡《わた》せなかったなんて。私《わたし》は……私《わたし》は本当《ほんとう》に、何《なに》ひとつ彼女《かのじょ》に与《あた》えることができなかった……うぅ……」

あまりの悔《くや》しさに、妻《つま》に報《むく》いることのできなかった無念《むねん》さに、パステルは嗚咽《おえつ》をこぼし、拳《こぶし》を強《つよ》く握《にぎ》りしめた。

「私《わたし》が死《し》ぬべきだったんだ……！　私《わたし》など、生《い》きる価値《かち》がない……私《わたし》が……！」

「……本当《ほんとう》に、そうでしょうか」

そんなパステルに、カトリーが静《しず》かに問《と》いかける。

「え……？」

「ほら、見《み》てください」

思《おも》いがけずかけられたカトリーからの優《やさ》しい言葉《ことば》に、パステルは驚《おどろ》いて顔《かお》を上《あ》げた。

促《うなが》されるまま周囲《しゅうい》に目《め》を向《む》ければ、顔見知《かおみし》りの老貴婦人《ろうきふじん》や喫茶店《きっさてん》の店員《てんいん》など、多《おお》くの知《し》り合《あ》いたちが優《やさ》しい笑《え》みを浮《う》かべ、集《あつ》まっていた。

「思《おも》い出《だ》してください」

どうして皆《みな》が集《あつ》まってくれたのかわからないまま戸惑《とまど》っていると、カトリーが優《やさ》しい声《こえ》で教《おし》えてくれた。

「アナタにしか見《み》えていないはずのオリビアさんの幻覚《げんかく》と、町《まち》の皆《みな》さんは会話《かいわ》をしていましたね」

「……！」

カトリーに指摘《してき》されて、パステルはハッと息《いき》をのんだ。

一緒《いっしょ》にいたオリビアが悪魔《あくま》のドレスの材料《ざいりょう》である植物《しょくぶつ》に触《ふ》れたことで見《み》せていたパステルの幻覚《げんかく》なら、悪魔《あくま》のドレスに触《ふ》れていない町《まち》の人《ひと》たちには見《み》えていなかったはずだ。

なのに老貴婦人《ろうきふじん》や喫茶店《きっさてん》の店員《てんいん》は、パステルが紹介《しょうかい》すればそこにオリビアがいるように振《ふ》る舞《ま》ってくれていた。

「町中《まちじゅう》のみんながアナタを気遣《きづか》い、オリビアさんをともに作《つく》り上《あ》げていた。アナタの周《まわ》りには、そんな思《おも》いやりがあふれている。生《い》きる価値《かち》がないなんてこと、ありませんよ」

「俺《おれ》たちはみんな、アンタの演奏《えんそう》が好《す》きなんだ……」

そこへ、眼鏡《めがね》を掛《か》けた男《おとこ》がチェロのケースを持《も》ってパステルに語《かた》りかけてきた。悪魔《あくま》のドレスを買《か》うため、チェロを売《う》った楽器店《がっきてん》の店主《てんしゅ》だ。

「ほら」

「し、しかし……」

チェロを渡《わた》そうとする店主《てんしゅ》の好意《こうい》に、パステルはためらった。

「アナタの奥様《おくさま》、前《まえ》に私《わたし》に言《い》ったわ」

チェロを受《う》け取《と》ることをためらうパステルに、老婦人《ろうふじん》が語《かた》りかけた。

「アナタの音楽《おんがく》を特等席《とくとうせき》で聴《き》けるのが、私《わたし》の一番《いちばん》の自慢《じまん》なの……って」

「奥様《おくさま》は、アナタの演奏《えんそう》について話《はな》すときが一番幸《いちばんしあわ》せそうな顔《かお》をしていました」

喫茶店《きっさてん》の店員《てんいん》も、老貴婦人《ろうきふじん》の言葉《ことば》を認《みと》めるように同意《どうい》する。

「アナタは彼女《かのじょ》に、もうプレゼントをあげていたんじゃないですか？」

カトリーは、パステルの罪悪感《ざいあくかん》を拭《ぬぐ》うように声《こえ》をかけた。

「素敵《すてき》な音楽《おんがく》という、かけがえのない、愛《あい》のこもったプレゼントを」

「…………」

カトリーの言葉《ことば》に何《なに》を思《おも》ったのか、膝《ひざ》を折《お》っていたパステルは立《た》ち上《あ》がり、楽器店《がっきてん》の店主《てんしゅ》から差《さ》し出《だ》されたチェロのケースを受《う》け取《と》った。

迷《まよ》い、悩《なや》み、それでも意《い》を決《けっ》してチェロのケースを開《あ》ける。

当時《とうじ》のままだった。

オリビアが元気《げんき》だった頃《ころ》、いつも聴《き》かせてあげていた愛用《あいよう》のチェロは、何《なに》も変《か》わっていなかった……いや、ひとつだけ違《ちが》うところがあった。

「……これは」

チェロの弦《げん》に、手紙《てがみ》が挟《はさ》まれている。

いったいいつの間《ま》に添《そ》えられていたのだろう。楽器店《がっきてん》へ売《う》り払《はら》ったときは中身《なかみ》を確認《かくにん》せず、一刻《いっこく》も早《はや》くドレスを購入《こうにゅう》するため店主《てんしゅ》に押《お》しつけてしまったので、気《き》づかなかった。

パステルは動揺《どうよう》しつつも手紙《てがみ》を手《て》に取《と》り、開《ひら》いた。


『拝啓《はいけい》、パステル様《さま》。

突然《とつぜん》の手紙《てがみ》、驚《おどろ》かれたことでしょう。

先日《せんじつ》、アナタの書斎《しょさい》で書《か》きかけの手紙《てがみ》を見《み》つけました。不器用《ぶきよう》なアナタのその気持《きも》ち、嬉《うれ》しかったわ。

私《わたし》がペンを執《と》ったのは、アナタが私《わたし》を誤解《ごかい》していると思《おも》ったからです。アナタは私《わたし》に言《い》いましたね。何《なに》もしてやれなくてごめんって……。

パステル、それは誤解《ごかい》だわ。

アナタは私《わたし》に、たくさんの宝物《たからもの》をくれました。

アナタと見《み》た景色《けしき》や、アナタと食《た》べたケーキや、アナタと過《す》ごした何気《なにげ》ない時間《じかん》……それらは今《いま》も、私《わたし》の心《こころ》に大切《たいせつ》にしまってあります。

そして、アナタの音楽《おんがく》も……。

私《わたし》の大好《だいす》きな、アナタのチェロの音色《ねいろ》。アナタが奏《かな》でるチェロの音色《ねいろ》は、この世界《せかい》のどんな景色《けしき》より、私《わたし》を美《うつく》しく、幻想的《げんそうてき》な場所《ばしょ》に連《つ》れていってくれた……。

そのたびに私《わたし》は、誇《ほこ》らしい気持《きも》ちになるの。

この人《ひと》の妻《つま》で、本当《ほんとう》によかったと。

アナタと過《す》ごしたどの時間《じかん》も、私《わたし》にはかけがえのない、大事《だいじ》な宝物《たからもの》だった……。

だから、どうか自分《じぶん》を責《せ》めないで。

だってこれから先《さき》、アナタが私《わたし》を思《おも》い浮《う》かべるとき、私《わたし》は笑顔《えがお》でいたいと思《おも》うから。

これから、ずっとアナタの傍《そば》で見守《みまも》っているわ。だから、また会《あ》えるその日《ひ》まで、どうかお元気《げんき》で。

——オリビア』

手紙《てがみ》を読《よ》み終《お》えて、パステルの瞳《ひとみ》から再《ふたた》び涙《なみだ》があふれ出《だ》した。今《いま》まで知《し》ることができなかった妻《つま》の心《こころ》の内《うち》に初《はじ》めて触《ふ》れたような気《き》がして言葉《ことば》にならなかった。

ただただ涙《なみだ》があふれてくる。

「ありがとう、パステルさん」

オリビアの手紙《てがみ》に涙《なみだ》を流《なが》すパステルにかけられる声《こえ》。

顔《かお》を上《あ》げて見《み》れば、そこにはあの老女《ろうじょ》がいた。滅《ほろ》びの町《まち》と呼《よ》ばれるようになったスノータウンで、ただひとりだけ今《いま》も生活《せいかつ》を続《つづ》ける〝魔女《まじょ》〟と噂《うわさ》された仕立仕事《したてしごと》の女性《じょせい》だ。

「アナタは……」

「彼女《かのじょ》は、オリビアさんのお母《かあ》さんです」

カトリーからの紹介《しょうかい》に、パステルは「えっ？」と驚《おどろ》きの声《こえ》を上《あ》げた。

「オリビアさんがあのドレスに見入《みい》った本当《ほんとう》の理由《りゆう》。それは、あのドレスが離《はな》ればなれに暮《く》らす母親《ははおや》が作《つく》ったものだと気《き》づいたからです」

そんなカトリーの説明《せつめい》に、そういえばとパステルは思《おも》い出《だ》す。

デパートのショーウィンドウに飾《かざ》られていたドレスを初《はじ》めて目《め》にしたときのオリビアは、心《こころ》が奪《うば》われたかのように見入《みい》っていたが、少《すこ》し涙《なみだ》ぐんでいたような気《き》がする。

見間違《みまちが》いかと思《おも》ったが、カトリーの話《はなし》が事実《じじつ》なら、オリビアはドレスに母《はは》の面影《おもかげ》を見《み》たのかもしれない。

「……あの町《まち》に異変《いへん》が起《お》き始《はじ》めて、私《わたし》はあの子《こ》を突《つ》き放《はな》すように追《お》い出《だ》した。もう、二度《にど》と戻《もど》るなと」

老女《ろうじょ》はどこか懺悔《ざんげ》するように、オリビアと離《はな》れて暮《く》らすようになったときのことを語《かた》り出《だ》した。

「けれど母親《ははおや》として、それが正《ただ》しかったのか……そしてあの子《こ》が今《いま》、幸《しあわ》せなのかわからなかった。だから私《わたし》も、今日《きょう》まで幻覚《げんかく》を見《み》ていたの」

スノータウンで老女《ろうじょ》が呼《よ》びつけたオリビアは、家《いえ》から追《お》い出《だ》したころ――15歳《さい》くらいのオリビアの姿《すがた》のままで見《み》えていた。

パステルのオリビアと同一人物《どういつじんぶつ》ではあったが、その姿《すがた》は年《とし》がかけ離《はな》れたものだったのだ。

「でも、カトリーさんに会《あ》って、呪《のろ》いが解《と》けたわ」

綿《わた》が見《み》せる幻覚《げんかく》を解《と》く方法《ほうほう》は、思《おも》ったよりも簡単《かんたん》だった。

それは、現実《げんじつ》を教《おし》えてあげること。

老女《ろうじょ》には、家《いえ》を追《お》い出《だ》したときのオリビアが傍《そば》に見《み》えていた。しかし現実《げんじつ》は、オリビアは15歳《さい》でもなければ、傍《そば》にもいない。

カトリーがそのことを指摘《してき》すれば、あとは現実《げんじつ》との食《く》い違《ちが》いで、何《なに》が幻覚《げんかく》で何《なに》が現実《げんじつ》なのかがおのずとわかる。

そうして老女《ろうじょ》は、自分《じぶん》がずっと娘《むすめ》の幻覚《げんかく》を見《み》ていたことに気《き》づいたのだった。

「パステルさん。アナタのような男性《だんせい》に巡《めぐ》り会《あ》えて、娘《むすめ》は幸《しあわ》せでした。本当《ほんとう》にありがとう」

「……いえ」

オリビアの母《はは》から感謝《かんしゃ》の言葉《ことば》を贈《おく》られて、パステルは深《ふか》く頭《あたま》を下《さ》げた。

「……聴《き》かせてくれませんか？　アナタの演奏《えんそう》を私《わたし》たちに……そして、オリビアさんに」

カトリーからの申《もう》し出《で》に、パステルは小《ちい》さく頷《うなず》き、ケースからチェロを取《と》り出《だ》した。

こうしてチェロを手《て》に取《と》るのは、いつ以来《いらい》だろう。オリビアが亡《な》くなる前《まえ》から、ずっと彼女《かのじょ》を幸《しあわ》せにできなかったと思《おも》い込《こ》んで後悔《こうかい》し、遠《とお》ざけていた。

けれど、今《いま》ならわかる。

自分《じぶん》がチェロを弾《ひ》くことで、天国《てんごく》のオリビアは喜《よろこ》んでくれるということを。

いつまでも見守《みまも》り、微笑《ほほえ》んでくれているだろうということを。

パステルが奏《かな》でるチェロのメロディは、夕暮《ゆうぐ》れの駅《えき》に優《やさ》しく響《ひび》き渡《わた》っていた。

4

「なんだか不思議《ふしぎ》です……」

パステルの奏《かな》でる優《やさ》しくてあたたかなチェロのメロディを聴《き》きながら、ノアが涙《なみだ》ぐみながら呟《つぶや》いた。

「僕《ぼく》にも見《み》える気《き》がします。……オリビアさんの、幸《しあわ》せそうな笑顔《えがお》が」

「そうね」

ノアの言葉《ことば》に、カトリーも頷《うなず》く。

きっと、この場《ば》でパステルのチェロを聴《き》いている全員《ぜんいん》に、優《やさ》しく寄《よ》り添《そ》うオリビアの姿《すがた》が見《み》えていることだろう。

「悪魔《あくま》のドレスは、幸福《こうふく》のドレスにもなる――ってことか」

しみじみと語《かた》るシャーロに、カトリーは「その通《とお》り」と大《おお》きく頷《うなず》いた。

「現実《げんじつ》はいつも稀有《けう》なものなのです！」

カトリーの口癖《くちぐせ》みたいなそのセリフも、今回《こんかい》は特《とく》にその通《とお》りだとノアとシャーロも強《つよ》く思《おも》った。

不幸《ふこう》をもたらすものと思《おも》っていた悪魔《あくま》のドレスも、現実《げんじつ》を見《み》れば亡《な》き妻《つま》の愛《あい》を改《あらた》めて知《し》ることができるドレスだった。

まさに、現実《げんじつ》は人《ひと》の想像《そうぞう》も及《およ》ばない、稀有《けう》なもののようだ。

第《だい》3話《わ》

カトリーエイルと蘇《よみがえ》る死体《したい》

1

その日《ひ》は、朝《あさ》から分厚《ぶあつ》い雲《くも》に空《そら》が覆《おお》われていた。日中《にっちゅう》でも暗《くら》く、明《あ》かりをつけなければよく見《み》えないほどだ。時折《ときおり》、遠《とお》くで青白《あおじろ》い光《ひかり》が瞬《またた》いたかと思《おも》えば、数秒後《すうびょうご》にゴロゴロと音《おと》が聞《き》こえてくる。

そんな暗雲《あんうん》が覆《おお》うのは、とある住宅街《じゅうたくがい》。その一室《いっしつ》で、サイドボードの上《うえ》に飾《かざ》られている写真《しゃしん》に自家製《じかせい》のバナナパウンドケーキを添《そ》えるのは、リブ・マーチンという女性《じょせい》だった。色《いろ》の濃《こ》い青《あお》い髪《かみ》に愁《うれ》いを帯《お》びた眼差《まなざ》しには、気力《きりょく》や生気《せいき》というものが感《かん》じられない。

それもそのはず。

彼女《かのじょ》がバナナパウンドケーキを添《そ》えた写真《しゃしん》に写《うつ》っているのは、今《いま》は亡《な》き夫《おっと》、アンディ・マーチンの写真《しゃしん》だったからだ。

「アンディ……今日《きょう》も、アナタのために焼《や》いたのよ、バナナパウンドケーキ……」

呟《つぶや》いて、リブの表情《ひょうじょう》が曇《くも》る。瞳《ひとみ》には涙《なみだ》がどんどんあふれ出《だ》し、抑《おさ》えきれなくなって声《こえ》を殺《ころ》してさめざめと泣《な》き出《だ》してしまった。

と、そのとき。リブは妙《みょう》な音《おと》に気《き》づいた。

ガチャン、ガチャン。ギギギッ、ギギギッ。

気《き》のせいと思《おも》うには、あまりにも騒々《そうぞう》しい。音《おと》は寝室《しんしつ》の方《ほう》から聞《き》こえてくるようだ。

……まさか泥棒《どろぼう》？

そう思《おも》ったリブは、意《い》を決《けっ》して、音《おと》が聞《き》こえた寝室《しんしつ》にロウソクを灯《とも》して近《ちか》づいた。

ゆっくりと、音《おと》も立《た》てずに扉《とびら》を開《あ》ける。外《そと》の天気《てんき》のせいもあるだろうが、部屋《へや》の中《なか》は真《ま》っ暗《くら》だった。ただ、窓《まど》がわずかに開《あ》いている。

ちゃんと閉《し》めておいたはずなのに——と、不思議《ふしぎ》に思《おも》ったときだ。

何《なに》かが室内《しつない》で動《うご》いている。ベッドの陰《かげ》でごそごそと、何《なに》かを探《さが》しているような動《うご》き方《かた》をしていた。

「だっ、誰《だれ》!?」

リブが声《こえ》を張《は》り上《あ》げた直後《ちょくご》、ピカッ！　と、窓《まど》の外《そと》が一瞬《いっしゅん》きらめいた。間髪《かんはつ》をいれず、ゴロゴロゴロッ！　と、雷《かみなり》の音《おと》が鳴《な》り響《ひび》く。

その光《ひかり》で、リブは蠢《うごめ》く影《かげ》の姿《すがた》をはっきりと見《み》てしまった。

泥《どろ》にまみれてボロボロの服《ふく》を着《き》た、青白《あおじろ》い顔色《かおいろ》に落《お》ちくぼんだ目《め》をした男《おとこ》。とてもこの世《よ》のものとは思《おも》えない肌《はだ》の色《いろ》だ。

そんな、この世《よ》のものとは思《おも》えない男《おとこ》ではあるが、リブはその人物《じんぶつ》を知《し》っている。

「ア……アンディ……？」

男《おとこ》は、とある事故《じこ》に巻《ま》き込《こ》まれ、死《し》んだと医者《いしゃ》にも診断《しんだん》された最愛《さいあい》の夫《おっと》、アンディ・マーチンの姿《すがた》をしていた。


……◆……◆……◆……


昼下《ひるさ》がりのレイトン探偵社《たんていしゃ》は、なんだかまったりした空気《くうき》に包《つつ》まれていた。

シャーロは来客用《らいきゃくよう》ソファの上《うえ》で眠《ねむ》たげにあくびをかみしめており、カトリーも椅子《いす》に体《からだ》を投《な》げ出《だ》して時間《じかん》を持《も》て余《あま》していた。

「あ〜、ヒマだわぁ」

ここ最近《さいきん》、依頼《いらい》らしい依頼《いらい》がない。カトリーがダレてしまうのも無理《むり》のないことだった。

「早《はや》く新《あたら》しい依頼《いらい》でも来《こ》ないかな〜」

「まあ、平和《へいわ》なのはいいことだけどな」

依頼《いらい》が来《こ》ないことはカトリーにとって死活問題《しかつもんだい》かもしれないが、シャーロが言《い》うように〝依頼《いらい》がない〟イコール〝事件《じけん》が起《お》きていない〟ということなので、町《まち》が平和《へいわ》という証拠《しょうこ》でもある。

奇妙《きみょう》な事件《じけん》が起《お》きるよりは、よっぽど健全《けんぜん》なことかもしれない。

だが、そんな平和《へいわ》なひとときというのは、ある日突然《ひとつぜん》、なんの前触《まえぶ》れもなく破《やぶ》られてしまうのが世《よ》の常《つね》だ。

コンコンコン、と扉《とびら》をノックする音《おと》が響《ひび》いた。

「来《き》たっ！」

ノックの音《おと》に、机《つくえ》の前《まえ》でダレていたカトリーは、急《きゅう》にスイッチが入《はい》ったかのように元気《げんき》になった。まだ依頼者《いらいしゃ》が来《き》たというわけでもないのに。

「はい、どうぞ～」

客《きゃく》を迎《むか》えるのは助手《じょしゅ》の役目《やくめ》とばかりにノアが応《おう》じると、少《すこ》し間《ま》があってから扉《とびら》が開《あ》いた。

「失礼《しつれい》します」

現《あらわ》れたのは、深《ふか》い青色《あおいろ》の髪《かみ》にどこか愁《うれ》いた表情《ひょうじょう》の女性《じょせい》、リブ・マーチンだった。

この表情《ひょうじょう》、この佇《たたず》まい、間違《まちが》いなくなんらかの事件《じけん》の調査依頼《ちょうさいらい》と確信《かくしん》したカトリーは、待《ま》ちに待《ま》った依頼者《いらいしゃ》の前《まえ》にバレリーナばりにくるくると回転《かいてん》しながら近《ちか》づき、満面《まんめん》の笑《え》みを浮《う》かべた。

「レイトン探偵社《たんていしゃ》へようこそ！　どんな大事件《だいじけん》のご依頼《いらい》ですか？」

「勝手《かって》に大事件《だいじけん》って決《き》めつけるんじゃない！」

まるで保護者《ほごしゃ》みたいにシャーロは怒《おこ》るが、今《いま》のカトリーの耳《みみ》には届《とど》いていない。リブの方《ほう》は、そもそもシャーロの言葉《ことば》が聞《き》こえていないようだ。

「実《じつ》は、夫《おっと》の死体《したい》が……」

「死体《したい》ってことは、殺人事件《さつじんじけん》ですか!?」

そうだとしたら喜《よろこ》ぶべきことではないが、事件《じけん》かどうかでいえば、紛《まぎ》れもなく大事件《だいじけん》だ。

カトリーが目《め》をキラキラさせて詰《つ》め寄《よ》るが、しかしリブは「……いえ……」と首《くび》を横《よこ》に振《ふ》ってうつむいた。

「実《じつ》は……夫《おっと》の死体《したい》が……」

リブの表情《ひょうじょう》に、一瞬《いっしゅん》だけ躊躇《ためら》いの色《いろ》が浮《う》かんだ。

このまま本当《ほんとう》のことを言《い》っても笑《わら》われるだけかもしれない。

けれど、黙《だま》って自分一人《じぶんひとり》の胸《むね》に納《おさ》めておくにはあまりにも大《おお》きな出来事《できごと》だった。

リブは意《い》を決《けっ》して言葉《ことば》を続《つづ》けた。

「……死体《したい》が、蘇《よみがえ》ったのです！」

リブの言葉《ことば》を理解《りかい》するのに、わずかに間《ま》があった。それから。

「死体《したい》が？」

「蘇《よみがえ》った⁉」

ノアとシャーロが、揃《そろ》って驚《おどろ》きの声《こえ》を上《あ》げる。

「ゾンビきた――――っ！」

カトリーだけが、目《め》をらんらんと輝《かがや》かせてがっつりと食《く》いついてきた。

とにもかくにも、まずは詳《くわ》しい話《はなし》を聞《き》いてみるしかない。

カトリーはやってきた依頼者《いらいしゃ》、リブを応接用《おうせつよう》のソファに案内《あんない》し、自分《じぶん》はペンとメモ帳《ちょう》を構《かま》えて話《はなし》を聞《き》く姿勢《しせい》を整《ととの》えた。

「私《わたし》の夫《おっと》、アンディは数週間前《すうしゅうかんまえ》に亡《な》くなりました」

そんな言葉《ことば》で、リブは事件《じけん》のあらましを語《かた》り出《だ》した。

「その夫《おっと》が昨日《きのう》の夜《よる》、うちの寝室《しんしつ》に現《あらわ》れたのです」

「えぇっ!?　それって見間違《みまちが》えとかではないんですか？」

「間違《まちが》いなくその場《ば》にいたんです！」

半信半疑《はんしんはんぎ》なノアに、リブは必死《ひっし》な様子《ようす》で訴《うった》えた。

「普通《ふつう》に窓《まど》も開《あ》けていきましたし、見《み》た目《め》もお墓《はか》の中《なか》から出《で》てきたような、ボロボロな感《かん》じで……」

「…………」

あまりにも必死《ひっし》に訴《うった》えるリブに、ノアは顔《かお》を青《あお》くした。半信半疑《はんしんはんぎ》な態度《たいど》だったのも、疑《うたが》っているというよりは怖《こわ》くて信《しん》じたくなかっただけなのかもしれない。

「ああ！　それカンペキにゾンビですよ！」

怯《おび》えるノアとは逆《ぎゃく》に、リブの話《はなし》をメモしていたカトリーはワクワクが止《と》まらないとばかりに声《こえ》を弾《はず》ませてリブの手《て》を取《と》った。

「ありがとうございます！」

「どんな感謝《かんしゃ》だよ⁉」

「……はっ、すみません！」

シャーロのツッコミに、カトリーは我《われ》に返《かえ》ってリブの手《て》を放《はな》した。

「失礼《しつれい》しました。つい、この奇妙《きみょう》な大事件《だいじけん》にワクワクしちゃいまして……」

「は、はぁ……」

カトリーの嬉々《きき》とした態度《たいど》に、どういうリアクションを取《と》れば正解《せいかい》なのかイマイチわからないリブ。

そんなカトリーは、すくっと立《た》ち上《あ》がるとポールハンガーに掛《か》けてあった自分《じぶん》の帽子《ぼうし》を取《と》って頭《あたま》に載《の》せた。出動準備完了《しゅつどうじゅんびかんりょう》だ。

「蘇《よみがえ》る死体《したい》、ゾンビのナゾ……その依頼《いらい》、この私《わたし》、カトリーエイル・レイトンが引《ひ》き受《う》けましょう！」

2

まずは事件《じけん》の現場《げんば》を見《み》ないことには始《はじ》まらない。

カトリーたちは、リブの家《いえ》へとやってきた。

それはもちろん、現場《げんば》検証《けんしょう》のため……ではあるのだが。

「ん〜っ！」

その前《まえ》に、カトリーたちはリブの家《いえ》のリビングで、バナナパウンドケーキをごちそうになっていた。

「このバナナパウンドケーキ、ホントに美味《おい》しいですね！」

「ありがとうございます。主人《しゅじん》の大好物《だいこうぶつ》でもあったんです」

「ご主人《しゅじん》のアンディさんって、どんな方《かた》だったんですか？」

「そこの写真《しゃしん》に写《うつ》っているのが主人《しゅじん》です」

そう言《い》って、リブはサイドボードの上《うえ》に飾《かざ》られている写真《しゃしん》を指《ゆび》さした。仕事中《しごとちゅう》の写真《しゃしん》だろうか、何《なに》かの作業《さぎょう》をしている最中《さいちゅう》に撮《と》った写真《しゃしん》のようだった。

「この方《かた》が……」

「失礼《しつれい》ですけど、生《い》きてるときからゾンビみたいな感《かん》じですね」

すでに死亡《しぼう》していると聞《き》いているせいか、ノアが痛《いた》ましそうな表情《ひょうじょう》を浮《う》かべるが、カトリーは割《わり》と遠慮《えんりょ》のない感想《かんそう》を口《くち》にする。

「ホントに失礼《しつれい》だな、おい！」

シャーロのツッコミはもっともだが、妻《つま》のリブはカトリーの意見《いけん》にそれほど反感《はんかん》は抱《いだ》かなかったようだ。

「仕事《しごと》に没頭《ぼっとう》して、いつも疲《つか》れた顔《かお》をしていて……生《い》きているのか死《し》んでいるのかわからないような人《ひと》ではありましたけど」

「そもそも、アンディさんが亡《な》くなられた理由《りゆう》というのは？」

「アンディはウェンブリー製作所《せいさくじょ》という会社《かいしゃ》で働《はたら》いていたのですが、そこの研究《けんきゅう》チームに所属《しょぞく》していて……実験中《じっけんちゅう》に不慮《ふりょ》の事故《じこ》に巻《ま》き込《こ》まれたんです。アンディも含《ふく》めて、同《おな》じ研究《けんきゅう》チームのメンバー6人《にん》が同時《どうじ》に命《いのち》を落《お》としました」

「大事故《だいじこ》ですね……」

ノアが痛《いた》ましい表情《ひょうじょう》を浮《う》かべる。

「それって、どんな……？」

「事故《じこ》についての詳《くわ》しい話《はなし》は、こちらから聞《き》いても教《おし》えてもらえませんでした」

「そんな……」

無念《むねん》そうに肩《かた》を落《お》とすリブに、ノアも同情《どうじょう》を禁《きん》じ得《え》ない。大切《たいせつ》な家族《かぞく》、愛《あい》する夫《おっと》が亡《な》くなってしまった事故《じこ》だというのに、その詳細《しょうさい》を身内《みうち》に教《おし》えないのはあまりにも不誠実《ふせいじつ》だ。

「わかった！」

話《はなし》を聞《き》いていたカトリーが、ポンッと手《て》を打《う》った。

「え、もうですか？」

カトリーのナゾトキが優《すぐ》れていることを知《し》っているノアだが、それでも今《いま》の会話《かいわ》で今回《こんかい》のナゾを解《と》くのは早《はや》すぎると驚《おどろ》きの声《こえ》を上《あ》げた。

「アンディさんの研究《けんきゅう》チームは優秀《ゆうしゅう》で、政府《せいふ》からの依頼《いらい》で秘密裏《ひみつり》にゾンビウイルスを研究《けんきゅう》させられていたんです」

なんだか妙《みょう》な推理《すいり》を披露《ひろう》するカトリー。

「しかしその実験中《じっけんちゅう》、ゾンビウイルスが制御《せいぎょ》しきれなくなって、研究者全員《けんきゅうしゃぜんいん》がゾンビになってしまった。政府《せいふ》がそれを隠蔽《いんぺい》するために、事故《じこ》で死《し》んだことにしてるとか！」

「あ、僕《ぼく》ゾンビ映画好《えいがす》きでよく見《み》るんですけど、そのパターン、よくありますよ」

カトリーの話《はなし》に全力《ぜんりょく》でのっかるノア。

「現実《げんじつ》ではありえねーよ！　そんな話《はなし》！」

そしてシャーロがツッコミを入《い》れるが、残念《ざんねん》ながらその声《こえ》は2人《ふたり》にしか聞《き》こえない。

「いえ、アンディが研究《けんきゅう》していたのは、車《くるま》などのエンジンでした」

カトリーの本気《ほんき》か冗談《じょうだん》なのかよくわからない推理《すいり》にも、リブは真面目《まじめ》に否定《ひてい》した。

「それもねじ曲《ま》げられた真実《しんじつ》かもしれません！」

「おお……」

「そこも疑《うたが》うのかよ!?」

ノアは感心《かんしん》し、シャーロは呆《あき》れつつもツッコミを忘《わす》れなかった。

どうやらカトリーは、持論《じろん》を引《ひ》っ込《こ》めるつもりはないらしい。本気《ほんき》で政府《せいふ》の陰謀論《いんぼうろん》もあり得《え》ると思《おも》っているようだ。

「ええと……そのときの死亡診断書《しぼうしんだんしょ》もあります」

元々《もともと》はカトリーたちがアンディの死《し》を疑《うたが》ったときに証拠《しょうこ》として見《み》せようと思《おも》っていた書《しょ》類《るい》を、リブは取《と》り出《だ》した。

「これは……本物《ほんもの》ですね」

死亡診断書《しぼうしんだんしょ》を見《み》たノアが太鼓判《たいこばん》を押《お》す。

「これも政府《せいふ》が偽造《ぎぞう》したのかも！」

なのにカトリーは、それにも疑問《ぎもん》を抱《いだ》いているようだ。

「なんでもゾンビに結《むす》びつけるな！」

「ちなみに、アンディさんのゾンビが現《あらわ》れた場所《ばしょ》というのは？」

「寝室《しんしつ》になります」

それならば、とカトリーたちは事件現場《じけんげんば》の寝室《しんしつ》へ移動《いどう》することにした。

「私《わたし》が部屋《へや》に入《はい》ったとき、アンディはあちらのベッド脇《わき》で枕《まくら》を持《も》って座《すわ》っていました」

リブはそのときを思《おも》い出《だ》しながら説明《せつめい》する。

「私《わたし》が寝室《しんしつ》に来《き》たのに気《き》づくと、唸《うな》り出《だ》して立《た》ち上《あ》がり、威嚇《いかく》するような声《こえ》を上《あ》げて窓《まど》から逃《に》げ出《だ》していったんです」

思《おも》い出《だ》しただけでも、リブは憂鬱《ゆううつ》になる。愛《あい》する夫《おっと》がゾンビのような化《ば》け物《もの》になって現《あらわ》れるのは、生前《せいぜん》の姿《すがた》を知《し》っているだけに気分《きぶん》が落《お》ち込《こ》むものだ。

「なるほど……枕《まくら》を持《も》って窓《まど》から出《で》ていった、と」

「でも、無事《ぶじ》で良《よ》かったですね」

「え？」

何故《なぜ》かホッとしたような表情《ひょうじょう》で妙《みょう》なことを言《い》うノアに、リブは不思議《ふしぎ》そうに首《くび》を傾《かし》げた。

「映画《えいが》とかだと、ゾンビって人《ひと》を食《た》べるために襲《おそ》ってきますからね」

「そういうものですか？」

リブはあまりゾンビ映画《えいが》を見《み》る方《ほう》ではなく、そのためにゾンビというものが具体的《ぐたいてき》にどういう習慣《しゅうかん》があるものなのか、よくわかっていないようだった。

「本能的《ほんのうてき》に愛《あい》する奥《おく》さんを襲《おそ》っちゃいけないって思《おも》ったんでしょうね」

「でも私《わたし》、アンディが亡《な》くなる直前《ちょくぜん》によく夫婦《ふうふ》ゲンカを……」

「何《なに》が原因《げんいん》ですか？」

ダテ虫眼鏡《むしめがね》で寝室《しんしつ》をくまなく眺《なが》めていたカトリーが、興味《きょうみ》を引《ひ》かれたのかリブに尋《たず》ねた。

「……あの人《ひと》が、仕事人間《しごとにんげん》すぎたんです。毎晩深夜《まいばんしんや》まで働《はたら》いて、家《いえ》に帰《かえ》っても疲《つか》れきっていて……」

それは、アンディが事故《じこ》で死亡《しぼう》する少《すこ》し前《まえ》のことだった。

その日《ひ》もアンディは夜遅《よるおそ》くまで仕事《しごと》をして、疲《つか》れた顔《かお》をして帰《かえ》ってきた。リブはそんなアンディのために、「疲《つか》れたときにはタコがいい」という話《はなし》を聞《き》いて、タコ料理《りょうり》をたくさん作《つく》って待《ま》っていた。

けれどアンディは、料理《りょうり》を前《まえ》にしても生気《せいき》のない表情《ひょうじょう》で、目《め》の下《した》にクマを作《つく》ってぼーっとしていた。やはり忙《いそが》しくて元気《げんき》がないみたいだ。ゆっくり休《やす》んでもらいたいが、それでも仕事《しごと》を無理《むり》に休《やす》めとは言《い》えない。

リブはそんなアンディを元気《げんき》づけようと、せめて今度《こんど》の休《やす》みにはどこか旅行《りょこう》にでも出《で》かけようと提案《ていあん》してみた。

しかしアンディは、そんな提案《ていあん》など耳《みみ》に届《とど》いていないのか、何《なに》か思《おも》いついたかと思《おも》えば、食事中《しょくじちゅう》でも関係《かんけい》なく、ところ構《かま》わず図面《ずめん》のようなものを描《えが》いていく。

「食事中《しょくじちゅう》も、考《かんが》えているのは仕事《しごと》のことばかりで……思《おも》いつくと、すぐにメモを取《と》るんです」

そんなアンディに、リブはついに堪忍袋《かんにんぶくろ》の緒《お》が切《き》れた。

「それで私《わたし》、つい『私《わたし》と仕事《しごと》、どっちが大事《だいじ》なの！』って詰《つ》め寄《よ》ってしまって……」

「それ言《い》われると、男《おとこ》は辛《つら》いぞ……」

シャーロもついつい、同情的《どうじょうてき》な表情《ひょうじょう》でぼやいてしまった。

「あんなこと、言《い》うんじゃなかった。すぐに死《し》んじゃうなんて、思《おも》っていなかったから」

アンディを怒鳴《どな》りつけてしまった当時《とうじ》のことを深《ふか》く思《おも》い出《だ》してしまったのか、後悔《こうかい》して肩《かた》を震《ふる》わせるリブ。

「リブさんは悪《わる》くないですよ……」

「……ところで」

ノアは親身《しんみ》になってリブを慰《なぐさ》めたが、カトリーは話《はなし》の途中《とちゅう》から別《べつ》のことに興味《きょうみ》が移《うつ》っていたようで、ダテ虫眼鏡《むしめがね》で壁《かべ》を見《み》ていた。

「これもアンディさんが書《か》いたものですか？」

カトリーは壁《かべ》に直接《ちょくせつ》書《か》かれてある数式《すうしき》や何《なに》かしらの設計図《せっけいず》を指《ゆび》さしてリブに聞《き》いてみた。

「ええ」

「車《くるま》のエンジンの研究《けんきゅう》をされていたんですよね？」

「はい」

「…………」

2つの質問《しつもん》の両方《りょうほう》にリブは頷《うなず》くが、カトリーの表情《ひょうじょう》は少《すこ》しだけ険《けわ》しくなった。

何《なに》かあるのだろうかと、ノアやリブも壁《かべ》のメモに視線《しせん》を向《む》けるが、2人《ふたり》とも、これといって不自然《ふしぜん》なところや暗号《あんごう》めいたメッセージ性《せい》は感《かん》じ取《と》れなかった。

「これはなんですか？」

すでにカトリーの興味《きょうみ》は次《つぎ》に移《うつ》っていた。足下《あしもと》――ベッド脇《わき》の床《ゆか》に、白《しろ》い粉《こな》が散《ち》っていた。

「……なんでしょう？　もともと寝室《しんしつ》にあったものではないと思《おも》います」

「これ、ゾンビパウダーかも」

白《しろ》い粉《こな》を見《み》たノアが何《なに》か閃《ひらめ》いたらしく、そんなことを言《い》った。

「なんだよ、ゾンビパウダーって」

「僕《ぼく》の大好《だいす》きなギルモント監督《かんとく》の初期作《しょきさく》『ゾンビ・母校《ぼこう》に帰《かえ》る』では、死体《したい》に粉《こな》を振《ふ》りかけることでゾンビになって蘇《よみがえ》る、という描写《びょうしゃ》が出《で》てきます。その、死体《したい》をゾンビ化《か》する粉《こな》というのが、ゾンビパウダーです」

シャーロの疑問《ぎもん》に、ノアは得意《とくい》げに説明《せつめい》しながら床《ゆか》にこぼれている白《しろ》い粉《こな》を見《み》てみた。

ついでに、シャーロも犬《いぬ》だからなのか、ついついクンクンと匂《にお》いを嗅《か》いでしまう。

「これもゾンビパウダーの可能性《かのうせい》があるってこと？　ノア君《くん》、ちょっと触《さわ》ってみて」

「はい……って、ええっ⁉」

自分《じぶん》の話《はなし》を聞《き》いてくれていたのだろうかと思《おも》うほど、カトリーがさらっと怖《こわ》いことを言《い》う。万《まん》が一本物《いちほんもの》のゾンビパウダーだったら、どんなことになるかわかったものではない。

「ゾンビになったらどうするんですか⁉」

「それはそれで面白《おもしろ》いでしょ？」

「面白《おもしろ》くありません！」

「ぶぁ〜っくしょん！」

「うわ!?」

そのとき、匂《にお》いを嗅《か》いでいたシャーロが盛大《せいだい》なくしゃみをして、ノアに目《め》がけてゾンビパウダーを巻《ま》き上《あ》げてしまった。

「うわあああっ！　ゾ、ゾンビになってしまうーっ！」

顔面《がんめん》を蒼白《そうはく》にして、盛大《せいだい》に苦《くる》しむノア。

「全然大丈夫《ぜんぜんだいじょうぶ》そうだけど？」

「……え？　あ、ホントだ……」

単《たん》に思《おも》い込《こ》んでいただけだったようだ。

カトリーの一言《ひとこと》で我《われ》に返《かえ》ったノアは、くんくんと鼻《はな》を鳴《な》らした。

「この粉《こな》、なんかいい匂《にお》いがします」

「………？」

ノアの一言《ひとこと》に、カトリーも注意《ちゅうい》しながら白《しろ》い粉《こな》の匂《にお》いを嗅《か》いでみた。

「あれ？　この匂《にお》いって……」

なんだかどこかで嗅《か》いだことのある匂《にお》いだ。

いや、それよりももっと重要《じゅうよう》なことに気《き》がついた。

「もし、これがアンディさんが落《お》としていったものだったら、匂《にお》いをたどっていけばゾンビのアンディさんのいる場所《ばしょ》にたどり着《つ》けるかもしれません！」

「確《たし》かに！」

リブが言《い》うには、元々《もともと》、寝室《しんしつ》にあったものではないというのだから、ゾンビのアンディが落《お》としていった粉《こな》という可能性《かのうせい》は十分高《じゅうぶんたか》い。

「本当《ほんとう》ですか!?」

「奥《おく》さん、ご安心《あんしん》ください。私《わたし》が必《かなら》ずこの依頼《いらい》、解決《かいけつ》してみせます！」

「……はい、お願《ねが》いします」

自信満々《じしんまんまん》に約束《やくそく》するカトリーに、リブは初《はじ》めて、少《すこ》し安心《あんしん》した笑顔《えがお》を見《み》せた。

……✦……✦……✦……

リブの家《いえ》を後《あと》にしたカトリーたちは、家《いえ》の前《まえ》でシャーロの知《し》り合《あ》いである野良犬《のらいぬ》のジョリーに、白《しろ》い粉《こな》の追跡《ついせき》ができないかを頼《たの》んでいた。

「バウバウ」

パウダーの匂《にお》いを嗅《か》いだジョリーが元気《げんき》よく吠《ほ》える。

「お。わかるってよ」

「やった！」

シャーロが犬語《いぬご》を訳《やく》して伝《つた》えると、カトリーはガッツポーズ。一行《いっこう》は、のそのそと匂《にお》いをたどるジョリーの後《あと》をついていくことにした。

「シャーロもあのくらい鼻《はな》がきくといいのにね」

「しょうがないだろ。俺《おれ》の嗅覚《きゅうかく》は犬《いぬ》の100万分《まんぶん》の1、つまり人並《ひとな》みなんだから」

「探偵社《たんていしゃ》にいる犬《いぬ》なのに使《つか》えない……」

シャーロにはがっかりだ！　とばかりにため息《いき》を吐《つ》くカトリー。

「悪《わる》かったな！」

「はぁ……」

「おまえまでため息《いき》を吐《つ》くな！」

ノアも一緒《いっしょ》になってため息《いき》を吐《つ》く姿《すがた》にシャーロが文句《もんく》を言《い》っていると、ジョリーが足《あし》を止《と》めて「バウバウ」と吠《ほ》えた。

「ここで匂《にお》いが消《き》えてるってよ」

「ここって……」

カトリーたちは、ジョリーの案内《あんない》でたどり着《つ》いた場所《ばしょ》を複雑《ふくざつ》な表情《ひょうじょう》で眺《なが》めた。

そこは墓地《ぼち》。ノアが言《い》うところのゾンビ映画《えいが》などでは、真《ま》っ先《さき》にゾンビが地面《じめん》の下《した》から這《は》い出《で》てくるには定番《ていばん》の場所《ばしょ》だった。

「墓地《ぼち》ってことは、本当《ほんとう》に……墓場《はかば》から死体《したい》が蘇《よみがえ》ったのか？」

リブの家《いえ》にあった白《しろ》い粉《こな》の匂《にお》いをたどって墓地《ぼち》に着《つ》いた。その白《しろ》い粉《こな》は、ゾンビのアンディが家《いえ》に現《あらわ》れたときに落《お》としていったものかもしれない。

シャーロがゾンビの存在《そんざい》を信《しん》じる——少《すく》なくとも、墓場《はかば》から死体《したい》が蘇《よみがえ》った可能性《かのうせい》があることを信《しん》じてしまうには十分《じゅうぶん》な結果《けっか》だった。

「……ん？」

ガサッ、と音《おと》がする。

墓地《ぼち》の入口《いりぐち》、門《もん》のところに人影《ひとかげ》が現《あらわ》れた。

落《お》ちくぼんだ目《め》に曲《ま》がった背中《せなか》、骨《ほね》と皮《かわ》だけのような体《からだ》つき。歩《ある》き方《かた》なんて、足《あし》をするように引《ひ》きずっていた。

それはまるで——。

「わあああああああっ!!　ゾンビ出《で》たあああああ!!」

ノアとシャーロが飛《と》び上《あ》がって驚《おどろ》き、ジョリーもさっきまでと違《ちが》って俊敏《しゅんびん》な動《うご》きでその場《ば》から逃《に》げ出《だ》した。

「なんじゃ、うるさいのう」

「ゾンビが喋《しゃべ》ったああああっ!!」

再《ふたた》び驚《おどろ》くノアとシャーロ。

「喋《しゃべ》る犬《いぬ》が何《なに》驚《おどろ》いてるの。その人《ひと》は普通《ふつう》のおじいちゃんよ」

この世《よ》の終《お》わりとばかりに涙目《なみだめ》になっているノアとシャーロとは裏腹《うらはら》に、慌《あわ》てるでも騒《さわ》ぐでもなく、冷静《れいせい》どころかつまんなさそうに淡々《たんたん》と、カトリーが言《い》いきった。

「でででも歩《ある》き方《かた》が……！」

「……酔《よ》っ払《ぱら》ってるだけ。お酒《さけ》の匂《にお》いですぐわかるでしょ」

お酒《さけ》の匂《にお》いがキツいのか、カトリーが鼻《はな》をつまみながらそう言《い》えば、言《い》った傍《そば》からゾンビみたいな老人《ろうじん》は酒瓶《さかびん》を取《と》り出《だ》して飲《の》み始《はじ》めた。

「なんじゃ、おぬしら。ゾンビを見《み》に来《き》たのか？」

酒瓶《さかびん》をあおって酒《さけ》で喉《のど》を潤《うるお》した老人《ろうじん》が、気《き》になることをカトリーたちに聞《き》いてきた。

「えっ、ゾンビを見《み》たことがあるんですか!?」

「おう。夜遅《よるおそ》くなると、奥《おく》の方《ほう》から出《で》てきて、毎晩《まいばん》のようにうろうろ徘徊《はいかい》してんだよ」

まるで「その話《はなし》を聞《き》きつけてきたんじゃないのか？」と言《い》わんばかりだ。

「毎晩《まいばん》のように？」

老人《ろうじん》の話《はなし》に、ノアが首《くび》を傾《かし》げた。ゾンビが毎晩《まいばん》のように徘徊《はいかい》しているなんて、それはそれでニュースになりそうなものなのに。

「それって……酔《よ》っ払《ぱら》って見《み》た幻覚《げんかく》じゃないんですか？」

「アホウ！　ワシは昼間《ひるま》酔《よ》っ払《ぱら》っとるが、夜《よる》はシラフじゃ！」

なんだか理不尽《りふじん》な怒《おこ》られ方《かた》をされてしまった。

「それっていつ頃《ごろ》からですか？」

老人《ろうじん》の話《はなし》に疑《うたが》いを持《も》つノアだが、カトリーはメモ帳《ちょう》を取《と》り出《だ》してすっかり話《はなし》を聞《き》く準備《じゅんび》ができていた。

「最初《さいしょ》は2週間《しゅうかん》くらい前《まえ》かな……近所《きんじょ》の店《みせ》の肉《にく》の匂《にお》いにつられて現《あらわ》れたらしい」

「なるほど……」

なかなか興味深《きょうみぶか》い話《はなし》だ。肉《にく》の匂《にお》いにつられて——というのは、人間《にんげん》を襲《おそ》うゾンビらしい行動《こうどう》かもしれないが、精肉店《せいにくてん》で扱《あつか》っているのは人間《にんげん》の肉《にく》ではない。

カトリーたちは、いろいろ話《はなし》を教《おし》えてくれた老人《ろうじん》と別《わか》れ、墓地《ぼち》の中《なか》で木々《きぎ》がうっそうと茂《しげ》る森《もり》のところまでやってきた。

「あのおじいさんの話《はなし》がホントなら、ゾンビがいるってことになりますね」

昼間《ひるま》でも薄暗《うすぐら》い森《もり》の中《なか》、ノアはキョロキョロ周囲《しゅうい》を警戒《けいかい》しながらカトリーに話《はな》しかけた。

「試《ため》しにお墓《はか》を掘《ほ》り返《かえ》してみる？」

「それはさすがに罰当《ばちあ》たりだろ……」

「……あ、いいこと考《かんが》えた！　ンフフフ……」

いったい何《なに》を考《かんが》えついたのか、にんまりと笑《わら》うカトリーは、ノアに目《め》を向《む》ける。

「……なんですか？」

そんな顔《かお》で見《み》られたノアは、不安《ふあん》で仕方《しかた》がない。

「ちょっと待《ま》ってて」

そう言《い》ったカトリーがその場《ば》を離《はな》れ、戻《もど》ってきたのは数分後《すうふんご》。

「はいどうぞ」

カトリーがノアに手渡《てわた》したのは、カメラと寝袋《ねぶくろ》だった。

「……これは……」

「ゾンビが現《あらわ》れる瞬間《しゅんかん》を撮影《さつえい》してほしいの。泊《と》まり込《こ》みで」

なんとなく予想《よそう》はしていたノアだったが、言葉《ことば》にされると余計《よけい》に気《き》が重《おも》い。

「こんなお墓《はか》に独《ひと》りぼっちですか⁉」

「ゾンビ好《す》きなんでしょ？」

「そういうことじゃなくて！　襲《おそ》われたらどうするんですか⁉」

「そういうときは……これよ！」

不安《ふあん》で顔色《かおいろ》を青《あお》くするノアに、カトリーは自信満々《じしんまんまん》に、とあるアイテムを差《さ》し出《だ》した。

「これで追《お》い払《はら》うのよ！」

「ニンニクに弱《よわ》いのはドラキュラです！」

袋《ふくろ》いっぱいに詰《つ》まったニンニクを前《まえ》に、ノアは最後《さいご》のあがきともいうべき抵抗《ていこう》を試《こころ》みた。

当然《とうぜん》、相手《あいて》にされることはなかったけれど。


……◆……◆……◆……

すっかり日《ひ》が暮《く》れた墓地《ぼち》の敷地内《しきちない》にある森《もり》の中《なか》。ホーホーとどこからともなく聞《き》こえてくるのは、フクロウの鳴《な》き声《ごえ》だろうか。

「なんでこんなことに……」

せめて背後《はいご》から襲《おそ》われないようになのか、大《おお》きな木《き》を背《せ》にして、ノアは膝《ひざ》を抱《かか》えてブルブル震《ふる》えていた。

本当《ほんとう》にゾンビが現《あらわ》れるかどうかはわからない。ただ、そうでなくとも夜《よる》の墓地《ぼち》というのは恐怖《きょうふ》を感《かん》じる場所《ばしょ》であることは間違《まちが》いなかった。

早《はや》く朝《あさ》になればいいのに――そんなことをノアが考《かんが》えているときだった。

ギィー……バタン！　と、どこからか妙《みょう》な音《おと》が響《ひび》く。

いったいなんの音《おと》なのか……少《すく》なくとも、野生《やせい》の動物《どうぶつ》が走《はし》り回《まわ》っている音《おと》とは思《おも》えない。

木《き》の陰《かげ》から音《おと》がした方《ほう》へ目《め》を向《む》けるノア。

「ああああ……」

そこでノアは見《み》た。

墓地《ぼち》を守《まも》る女神像《めがみぞう》の近《ちか》くに、6体《たい》ものゾンビがうめき声《ごえ》を上《あ》げながら徘徊《はいかい》している姿《すがた》を！

「ゾンビ⁉」

あまりの状況《じょうきょう》に、顔面蒼白《がんめんそうはく》になるノア。それでもカトリーの助手《じょしゅ》としてのプライドなのか、自分《じぶん》に課《か》せられた使命《しめい》は忘《わす》れない。

「しゃ、写真《しゃしん》を撮《と》らないと……！」

ノアは震《ふる》える手《て》でカメラをゾンビたちに向《む》けた。とはいえ、生《う》まれて初《はじ》めて生《なま》で見《み》るゾンビ。とても冷静《れいせい》に撮影《さつえい》できるものではなかった。

構《かま》える手《て》はガタガタと震《ふる》え、ピントもろくに合《あ》わせることができない。

「わわっ！」

ノアの手《て》からカメラがずり落《お》ち、ガチャ、と大《おお》きな音《おと》を立《た》ててしまった。

ゾンビたちの視線《しせん》が、一斉《いっせい》にノアへ向《む》けられる。

「あぁ？」

ノアの視線《しせん》とゾンビの視線《しせん》が、バッチリ合《あ》ってしまった。

「あああぁぁぁあっ！」

わらわらと近寄《ちかよ》ってくるゾンビたち。

「うわああああっ!!」

ノアはカトリーから渡《わた》されたニンニクを手当《てあ》たり次第《しだい》に投《な》げつけた。もっとも、ゾンビにニンニクなんて効《き》くわけもなく、なんの効果《こうか》もない。

「ひぃっ、ひぃっ！」

ぬっ、と伸《の》びてきたゾンビの腕《うで》が、ノアの足《あし》をつかんだ。

「あぐぁっ！　たっ、助《たす》けてえぇぇぇぇっ!!」

夜《よる》の墓場《はかば》に、ノアの叫《さけ》び声《ごえ》が木霊《こだま》した。

……………◆……………◆……………◆……………

ノアが墓場《はかば》でゾンビの群《む》れに遭遇《そうぐう》した、同日《どうじつ》の夜《よる》。

「ノアの奴《やつ》、大丈夫《だいじょうぶ》かね？」

レイトン探偵社《たんていしゃ》の来客用《らいきゃくよう》ソファの上《うえ》でくつろぐシャーロが、世間話《せけんばなし》のような感《かん》じでノアの安否《あんぴ》を気遣《きづか》っていた。

「何《なに》が？」

一方《いっぽう》、『世界《せかい》のゾンビ・欧州編《おうしゅうへん》』という本《ほん》を読《よ》んでいたカトリーは、ノアのことを忘《わす》れているのか、それとも最初《さいしょ》から意識《いしき》の外《そと》に置《お》いていたのか、シャーロが何《なに》を言《い》っているのかわからないといった感《かん》じに応《おう》じた。

「ゾンビってのは、噛《か》まれたり引《ひ》っかかれたりするだけでゾンビウイルスに感染《かんせん》してゾンビになっちまうって」

「探偵《たんてい》の助手《じょしゅ》がゾンビか……それ、斬新《ざんしん》で依頼《いらい》増《ふ》えるかも！」

「そんな探偵社《たんていしゃ》、ダレも来《こ》ねーよ！」

シャーロがまっとうな意見《いけん》でカトリーの軽口《かるくち》を注意《ちゅうい》したときだった。ドン、ドンと事務《じむ》所《しょ》の扉《とびら》を激《はげ》しくノックする音《おと》が響《ひび》いた。

「シャーロ、出《で》てくれる？」

「なんで俺《おれ》が……」

ぶつぶつ文句《もんく》を言《い》いながらも、小器用《こきよう》に扉《とびら》を開《あ》けるシャーロ。

「お？」

見覚《みおぼ》えのある足下《あしもと》にシャーロが顔《かお》を上《あ》げると——。

「ノア⁉」

げっそりと、青白《あおじろ》い顔《かお》をしたノアが立《た》っていた。先刻《せんこく》まではうって変《か》わって、なんだか生気《せいき》をごっそり抜《ぬ》かれたような顔《かお》になっていた。

「ノアなのか⁉　ホントにゾンビになっちまったのか⁉」

心配《しんぱい》しつつも、慌《あわ》てて飛《と》びのくシャーロ。

ノアはふらつく足取《あしど》りで事務所《じむしょ》の中《なか》に入《はい》ってきて、数歩進《すうほすす》んだところで力尽《ちからつ》きて倒《たお》れた。

それから数分後《すうふんご》――。

「出《で》たんですよ！」

シャワーを浴《あ》びて汚《よご》れを落《お》とし、すっかり生気《せいき》を取《と》り戻《もど》したノアが、タオルで水滴《すいてき》を拭《ふ》き取《と》りながら叫《さけ》んだ。

「アンディさんだけじゃなく、数体《すうたい》のゾンビが現《あらわ》れたんです！」

「……そう……」

墓場《はかば》で起《お》きたことを必死《ひっし》になって説明《せつめい》するノアに、カトリーは慌《あわ》てるでも驚《おどろ》くでもなく、冷静《れいせい》に分析《ぶんせき》するように頷《うなず》いた。

「ゾンビが出《で》てくる瞬間《しゅんかん》、何《なに》か変《か》わったことは起《お》きなかった？」

「出《で》てくる瞬間《しゅんかん》、ですか……？」

妙《みょう》なことを聞《き》かれて、ノアはタオルで頭《あたま》を拭《ふ》く手《て》を止《と》めて思《おも》い返《かえ》してみた。本当《ほんとう》にゾンビに襲《おそ》われてそれどころではなかったのだが……。

「あ、確《たし》かに『ギィー……バタン！』という戸《と》の開《ひら》くような音《おと》がして……その後《あと》、５、６体《たい》のゾンビが襲《おそ》ってきたんです」

そのときのことを思《おも》い出《だ》したのか、ノアはげんなりした表情《ひょうじょう》で答《こた》えた。

「なるほど……」

「で、写真《しゃしん》は撮《と》れたのか？」

ノアが命《いのち》からがら逃《に》げ帰《かえ》ってきたことにだけ気《き》づきそうなものなのに、シャーロが本来《ほんらい》の目的《もくてき》の遂行《すいこう》具合《ぐあい》を尋《たず》ねた。割《わり》と容赦《ようしゃ》がない。

「それどころじゃないですよ！　ゾンビに足《あし》を捕《つか》まれて、命《いのち》からがら逃《に》げてきたんですから……」

「よくそんな状態《じょうたい》から逃《に》げられたわね」

ちょっと意外《いがい》とばかりにカトリーが言《い》う。先《さき》ほどまで読《よ》んでいた『世界《せかい》のゾンビ・欧州《おうしゅう》編《へん》』では、ゾンビの特性《とくせい》として『普通《ふつう》の人間《にんげん》より力《ちから》が強《つよ》い』とも書《か》いてあった。

「確《たし》かに凄《すご》い力《ちから》で足《あし》を捕《つか》まれたんですが、思《おも》わず大声《おおごえ》で叫《さけ》んだら、一瞬《いっしゅん》、ゾンビの力《ちから》が緩《ゆる》んだので……その隙《すき》に全力《ぜんりょく》で逃《に》げましたよ」

「大声《おおごえ》にひるんだのか？」

「さあ……？」

大声《おおごえ》でひるむとは、ゾンビなのにまるで普通《ふつう》の人間《にんげん》みたいな反応《はんのう》をするものだ。

「……ッ！」

そんなことを考《かんが》えたとき、カトリーは雷《かみなり》に打《う》たれたみたいに閃《ひらめ》いた。

「……カトリーさん、どうしたんですか？」

不審《ふしん》に思《おも》ってノアが声《こえ》をかけるが、今《いま》のカトリーの耳《みみ》には届《とど》いていない。

注目《ちゅうもく》すべきポイントは、大《おお》きく分《わ》けて５つ。

枕《まくら》をつかんだゾンビ。

壁《かべ》に描《えが》かれた図面《ずめん》のメモ。

いい匂《にお》いのするパウダー。

戸《と》の開《ひら》く音《おと》。

大声《おおごえ》にひるんだゾンビ。

それらが示《しめ》す真実《しんじつ》は——。

「すべてのナゾは解明《かいめい》されました」

「ええっ⁉ このタイミングで？」

自分《じぶん》がゾンビに追《お》いかけられたことが、事件《じけん》の全貌《ぜんぼう》を解《と》き明《あ》かすことに繋《つな》がるとは到底《とうてい》思《おも》えないノアが、驚《おどろ》きの声《こえ》を上《あ》げる。

それでもカトリーは、自信満々《じしんまんまん》に頷《うなず》いた。

「今回《こんかい》の事件《じけん》は、バーナーで表面《ひょうめん》をパリパリに熱《ねっ》した、クレームブリュレのような味《あじ》わいでした」

「相変《あいか》わらず意味《いみ》がわからん！」

「ということで、早速墓地《さっそくぼち》に行《い》きましょう！」

「ええっ⁉　墓地《ぼち》に行《い》ってどうするんですか？」

「ゾンビ退治《たいじ》に決《き》まってるでしょ」

「はあ？　ゾンビ退治《たいじ》⁉」

まったくわけがわからないノアとシャーロだが、そんな2人《ふたり》を置《お》いてカトリーは「それじゃ、しゅっぱ～つ！」と元気良《げんきよ》く事務所《じむしょ》を飛《と》び出《だ》した。

3

カトリーたち一行《いっこう》は、まだ月《つき》が眩《まぶ》しい時間帯《じかんたい》に墓地《ぼち》へとやってきた。

「ゾンビ退治《たいじ》、本気《ほんき》でやるつもりなんだな」

「ええ。これでやっつけるの！」

シャーロの質問《しつもん》に、カトリーはゴムホースを手《て》に持《も》って答《こた》えた。その根元《ねもと》が水道《すいどう》の蛇口《じゃぐち》に繋《つな》がっており、これはどう見《み》ても放水《ほうすい》で撃退《げきたい》するつもりらしい。

「そんなんで対抗《たいこう》できる相手《あいて》じゃないですよ！」

直《じか》にゾンビと対面《たいめん》したノアが忠告《ちゅうこく》するも、時《とき》すでに遅《おそ》し。ギィー……バタン！という音《おと》が聞《き》こえたかと思《おも》えば、女神像《めがみぞう》のあたりから、数人《すうにん》の男《おとこ》たちがぞろぞろと出《で》てきた。

「みっ、見《み》てください！　ゾンビです！」

「待《ま》ってましたよ、皆《みな》さん！　このカトリーエイル・レイトンがお相手《あいて》します！」

「マジかよ、カトリー！」

「無茶《むちゃ》ですよ！」

シャーロとノアが慌《あわ》てて止《と》めようとするが、カトリーは意《い》に介《かい》さない。

「全然《ぜんぜん》、大丈夫《だいじょうぶ》！　だってゾンビの正体《しょうたい》は、夢《ゆめ》を追《お》いかけている人間《にんげん》たちなんだから！」

「何《なに》またわけのわからないことを言《い》い出《だ》してんだよ！」

「それーっ！」

シャーロのツッコミなんて右《みぎ》から左《ひだり》。カトリーはゾンビたちにホースを向《む》けると、放水《ほうすい》を開始《かいし》した。

「あああああ！」

水《みず》をぶっかけられたゾンビたちから苦《くる》しむような声《こえ》が聞《き》こえてきた。

「ゾンビに水《みず》が効《き》くなんて聞《き》いたことないぞ⁉」

シャーロは心配《しんぱい》しているようだが、水《みず》をかけられたゾンビたちは途端《とたん》に逃《に》げ惑《まど》い出《だ》した。

「相当弱《そうとうよわ》ってますよ⁉」

「こ、これはどういうことなんだ？」

見《み》るからに弱《よわ》っていくゾンビにノアとシャーロは困惑顔《こんわくがお》。しかし、今回《こんかい》のナゾの全貌《ぜんぼう》がすべて見《み》えているカトリーにしてみれば、思《おも》った通《とお》りの反応《はんのう》だった。

「アンディさん、聞《き》いてください！　私《わたし》、探偵《たんてい》のカトリーエイル・レイトンと申《もう》します！」

なんとカトリーは、ゾンビに向《む》かって話《はな》しかけた。

「奥様《おくさま》のリブさんから依頼《いらい》を受《う》けて、アナタがゾンビになったナゾを解《と》きに来《き》たんです！」

そんなカトリーの言葉《ことば》に、逃《に》げ惑《まど》っていたゾンビのうちの1体《たい》が足《あし》を止《と》めた。

「⁉　……リブが？」

「喋《しゃべ》った⁉」

立《た》ち止《ど》まり、振《ふ》り返《かえ》り、言葉《ことば》を口《くち》にしたゾンビに、シャーロが驚《おどろ》きの声《こえ》を上《あ》げる。

「あっ！　みんな顔色《かおいろ》が良《よ》くなってる！」

さらにノアは、放水《ほうすい》を受《う》けたゾンビたちの顔色《かおいろ》が、ごく普通《ふつう》の血色《けっしょく》の良《よ》い顔色《かおいろ》に戻《もど》っていることに気《き》づいた。

「顔《かお》が白《しろ》かったのは、ただのお化粧《けしょう》だもん」

驚《おどろ》くノアに、カトリーがなんでもないように説明《せつめい》した。

「アンディさんが寝室《しんしつ》に残《のこ》していたあの粉《こな》は、ゾンビパウダーではなくメイク用《よう》のおしろいだったの」

「メイク用《よう》？　あっ、だから粉《こな》からいい匂《にお》いが……」

「でも、なんでそんなメイクしてゾンビなんかに……？」

粉《こな》からいい匂《にお》いがしていたことに納得《なっとく》するシャーロだが、ノアの方《ほう》はゾンビのメイクをしなければならない根本的《こんぽんてき》な理由《りゆう》が気《き》になったようだ。

「それは、ロケット打《う》ち上《あ》げという夢《ゆめ》を叶《かな》えるためですよね？」

「ロケット打《う》ち上《あ》げだと？　全然《ぜんぜん》意味《いみ》がわからねぇよ」

シャーロはますます混乱《こんらん》するが、ゾンビメイクをしていたアンディたちは違《ちが》ったようだ。

「そこまでわかっているなら、隠《かく》してもしょうがないですね……」

放水《ほうすい》ですっかりメイクも落《お》ちて素顔《すがお》に戻《もど》ったアンディたち元《もと》ゾンビの面々《めんめん》は、観念《かんねん》したように頭《あたま》をかいた。

「探偵《たんてい》さんのおっしゃる通《とお》りです……」

「当《あ》たってるのかよ！　どういうことなんだ⁉」

「それでは説明《せつめい》しましょう！」

シャーロがまだわかっていないから……というわけでもないだろうが、カトリーが腰《こし》に手《て》を当《あ》てて声《こえ》を上《あ》げた。

「ゾンビになってでも成《な》し遂《と》げたい、熱《あつ》き男《おとこ》たちの大《おお》いなる野望《やぼう》を〜〜〜っ！」

声《こえ》も高《たか》らかに宣言《せんげん》したカトリーは、アンディたちを指《ゆび》さした。

「今《いま》ここにいるゾンビたちは、もともとアンディさんと一緒《いっしょ》にロケットの研究《けんきゅう》をしていたチームでした。ロケット打《う》ち上《あ》げなんて前代未聞《ぜんだいみもん》の研究《けんきゅう》……成功《せいこう》させるには相当《そうとう》な労力《ろうりょく》が必要《ひつよう》です。研究者《けんきゅうしゃ》の皆《みな》さんは休《やす》みもなく、毎日深夜《まいにちしんや》まで研究《けんきゅう》に没頭《ぼっとう》していました。しかしその結果《けっか》、皆《みな》さんと家族《かぞく》との間《あいだ》には、大《おお》きな溝《みぞ》ができてしまった……」

「ええ……その通《とお》りです」

カトリーの解説《かいせつ》に、アンディが表情《ひょうじょう》を曇《くも》らせて頷《うなず》いた。

それはまだゾンビの真似《まね》などせず、ロケットの開発《かいはつ》を続《つづ》けていたときのことだった。


……✦……


「はぁ～……」

目《め》の下《した》に大《おお》きなクマを作《つく》りながらパソコンでロケットの開発《かいはつ》を続《つづ》けていたアンディは、昨晩《さくばん》のことを思《おも》い出《だ》して深《ふか》いため息《いき》を吐《つ》いた。

「どうしたんですか？　アンディさん。大《おお》きなため息《いき》なんて吐《つ》いて」

隣《となり》で同《おな》じ作業《さぎょう》をしていた研究者《けんきゅうしゃ》が、そんなアンディのため息《いき》を耳《みみ》にして声《こえ》をかけてきた。

「また妻《つま》とケンカだよ」

「ああ。うちもしばらく口《くち》きいてもらえてません」

アンディの愚痴《ぐち》に、同僚《どうりょう》も同情《どうじょう》しながら頷《うなず》く。

やはり同《おな》じ部署《ぶしょ》で同《おな》じ研究《けんきゅう》をしていれば、抱《かか》える悩《なや》みも同《おな》じになるのだろう。

「うちなんか『あんたなんか死《し》んじまえ』って言《い》われました……」

そんなアンディたちの愚痴《ぐち》り合《あ》いを聞《き》いていた別《べつ》の研究者《けんきゅうしゃ》も、そんな嘆《なげ》きとともに加《くわ》わってくる。どこもかしこも同《おな》じような状況《じょうきょう》らしい。

「俺《おれ》たちの研究《けんきゅう》のせいで、家族《かぞく》が不幸《ふこう》になっていく……」

妻《つま》たちの不満《ふまん》を思《おも》い返《かえ》し、アンディがぽつりと呟《つぶや》いた。

「……でも、死《し》んだ気《き》になって没頭《ぼっとう》しないと、ロケット打《う》ち上《あ》げは成《な》し遂《と》げられない」

家族《かぞく》に迷惑《めいわく》をかけていることは重々承知《じゅうじゅうしょうち》しているが、それと同《おな》じくらい、アンディたちはロケット研究《けんきゅう》の成功《せいこう》に並々《なみなみ》ならぬ熱意《ねつい》を注《そそ》いでいた。

「…………」

とはいえ、やはり家族《かぞく》を不幸《ふこう》にしている現実《げんじつ》は心苦《こころぐる》しい。

あっちを立《た》てればこちらが立《た》たず、逆《ぎゃく》もまたしかり。

そんな現実《げんじつ》に、なんだか重苦《おもくる》しい空気《くうき》が漂《ただよ》い始《はじ》めた。

「……一度《いちど》、本当《ほんとう》に死《し》んでみようか」

「えっ⁉」

そんな空気《くうき》を変《か》えるためなのか、アンディがとんでもないことを口《くち》にした。


……◆……


そして、今《いま》に至《いた》る。

「家族《かぞく》に迷惑《めいわく》をかけず、研究《けんきゅう》に没頭《ぼっとう》する方法《ほうほう》がこれしか思《おも》いつかなかった。不慮《ふりょ》の事故《じこ》で死《し》んだことにして、知《し》り合《あ》いの医者《いしゃ》に偽《にせ》の死亡診断書《しぼうしんだんしょ》を作成《さくせい》してもらったんです」

冷静《れいせい》に考《かんが》えれば、なんともとんでもないことをしでかしたものだ。

だが、彼《かれ》らを一概《いちがい》に責《せ》めるわけにもいかない。それほどまでに彼《かれ》らにとってロケット研《けん》究《きゅう》は大事《だいじ》なもので、なかなか進展《しんてん》しない状況《じょうきょう》と家族《かぞく》に迷惑《めいわく》をかけていることが、とんでもないプレッシャーになっていたのだろう。

「そしてアナタ方《がた》は、誰《だれ》にも見《み》つからないように人気《ひとけ》のない墓地《ぼち》に研究所《けんきゅうじょ》を作《つく》った」

歩《ある》きながらアンデッドたちの話《はなし》を継《つ》いだカトリーは、墓地《ぼち》を守《まも》る女神像《めがみぞう》の前《まえ》で足《あし》を止《と》めた。

「そして、この中《なか》でロケットの研究《けんきゅう》を再開《さいかい》したんですね」

カトリーは女神像《めがみぞう》の台座《だいざ》の下《した》の隠《かく》し扉《とびら》を見《み》せた。慎重《しんちょう》に操作《そうさ》すると、ギィー……と音《おと》を立《た》てて、扉《とびら》がゆっくりと開《ひら》いていく。

「あんなところに隠《かく》し扉《とびら》が！」

「僕《ぼく》が聞《き》いたのと、同《おな》じ音《おと》です！」

それはまさに、ノアがゾンビだと思《おも》ったアンデッドたちの出現前《しゅつげんまえ》に聞《き》いた音《おと》だった。

「さあ、地下施設《ちかしせつ》に向《む》かいましょう」

開《ひら》かれた研究施設《けんきゅうしせつ》の通路《つうろ》を、カトリーはずんずん進《すす》んでいく。その後《うし》ろからノアやシャーロ、それにゾンビに扮《ふん》していた研究員《けんきゅういん》たちも続《つづ》いた。

ほどなくして、広《ひろ》い部屋《へや》にたどり着《つ》く。一目《ひとめ》でロケットの部品《ぶひん》とわかる巨大《きょだい》な機械《きかい》や、それを取《と》り扱《あつか》うクレーンやパソコンなどが一同《いちどう》の目《め》に飛《と》び込《こ》んできた。

「墓地《ぼち》の下《した》にこんな施設《しせつ》が……！」

あまりにも立派《りっぱ》な研究施設《けんきゅうしせつ》の様子《ようす》に、ノアが目《め》を丸《まる》くした。

「お墓《はか》の周《まわ》りにあった車輪《しゃりん》の跡《あと》は、資材《しざい》などを運《はこ》び込《こ》む台車《だいしゃ》の跡《あと》だったってわけね」

さすがのカトリーもロケットの開発《かいはつ》を行《おこな》っている研究施設《けんきゅうしせつ》の様子《ようす》が珍《めずら》しいのか、周囲《しゅうい》を興味深《きょうみぶか》げに見渡《みわた》しながら、墓地《ぼち》に残《のこ》っていた轍《わだち》の跡《あと》の正体《しょうたい》を語《かた》った。

「な、なるほど……。でも、だからってゾンビのふりまですることはなかったんじゃ？」

「研究《けんきゅう》に没頭《ぼっとう》していたとしても、食料《しょくりょう》や水《みず》を調達《ちょうたつ》するには外《そと》に出《で》なきゃいけないでしょ？」

それこそまさに、死亡《しぼう》を偽装《ぎそう》したアンディたち研究員《けんきゅういん》が、ゾンビのふりをするきっかけにもなった出来事《できごと》だった。


……✦……


死《し》んだふりをして研究《けんきゅう》に没頭《ぼっとう》し続《つづ》けて、何日《なんにち》経《た》っただろう。

どんなに夢中《むちゅう》になることでも、時間《じかん》が経《た》てばお腹《なか》は空《す》いてしまうもので、アンディは食《た》べ物《もの》を手《て》に入《い》れるために町《まち》までふらふらした足取《あしど》りで歩《ある》いてきていた。

そんなとき、目《め》についたのが肉屋《にくや》さんだった。美味《おい》しそうなお肉《にく》が棚《たな》にずらりと並《なら》び、ただでさえペコペコのお腹《なか》は今《いま》にもきゅるきゅる鳴《な》き出《だ》しそうだ。

「いらっしゃい！　何《なに》にしやしょう⁉」

「あ、えっと……」

威勢《いせい》のいい店員《てんいん》に声《こえ》をかけられたアンディは、匂《にお》いにつられただけで、まだ何《なに》を頼《たの》むか決《き》めかねていた。

「……あれ？　あんた、アンディさんだよね？」

すると、精肉店《せいにくてん》の店主《てんしゅ》がアンディのことに気《き》づいたような声《こえ》を上《あ》げた。

「ウェンブリー製作所《せいさくじょ》で働《はたら》いている……」

「えっ⁉　いや……」

思《おも》わぬところで正体《しょうたい》がバレて、アンディは激《はげ》しく動揺《どうよう》した。せっかく死《し》んだと偽装《ぎそう》したのに、バレてしまっては他《ほか》の研究員《けんきゅういん》にも迷惑《めいわく》がかかってしまうかもしれない。

「何言《なにい》ってるんだい。アンディさんはちょっと前《まえ》に亡《な》くなっただろ？」

するとそこへ、店主《てんしゅ》の妻《つま》がそんな言葉《ことば》で割《わ》って入《はい》ってきた。

「いや、だってそこに……あれ？」

妻《つま》の言葉《ことば》に反応《はんのう》した店主《てんしゅ》が一瞬《いっしゅん》目《め》を離《はな》した隙《すき》に、アンディは店《みせ》から逃《に》げ出《だ》していた。

それはまるで、店主《てんしゅ》にしてみれば忽然《こつぜん》と姿《すがた》を消《け》したように見《み》えただろう。

「今《いま》、そこにいたのに……どこに行《い》ったんだ？」

「何《なに》かの見間違《みまちが》いでしょ？」

妻《つま》が「大丈夫《だいじょうぶ》？」とでも言《い》いたげだが、店主《てんしゅ》は確《たし》かに見《み》たのだと主張《しゅちょう》した。

「……でも待《ま》てよ？　顔色《かおいろ》も悪《わる》かったしフラフラしてたし……」

自分《じぶん》が見《み》たアンディの様子《ようす》を思《おも》い返《かえ》して、店主《てんしゅ》の顔色《かおいろ》が、たちまち青《あお》くなった。

「もしかすると、ゾンビだったのかもしれねぇぞ!?」

「ゾンビ!?」

店主《てんしゅ》のその一言《ひとこと》はアンディの耳《みみ》にも届《とど》いていた。

なるほど。今《いま》の自分《じぶん》はゾンビに見《み》えるのか――と。

……… ✦ ………

「ゾンビに間違《まちが》われてしまったため、それ以来《いらい》、外出《がいしゅつ》するときにはゾンビのふりをするという決《き》まりを作《つく》ったんですよね」

最後《さいご》はカトリーが事《こと》の顛末《てんまつ》を説明《せつめい》すると、アンディは「その通《とお》りです」と素直《すなお》に認《みと》めて頷《うなず》いた。

「あ。アンディさんが家《いえ》にゾンビの姿《すがた》で現《あらわ》れたのは……？」

「あれは、どうしても必要《ひつよう》なものを家《いえ》に取《と》りに行《い》ったんですよね？」

ノアの疑問《ぎもん》にも、すべてお見通《みとお》しのカトリーが含《ふく》みを持《も》たせるように答《こた》えた。

「ええ……家《いえ》で使《つか》っていた、お気《き》に入《い》りの枕《まくら》がないと眠《ねむ》りが浅《あさ》くて……」

「そういう理由《りゆう》ですか……」

意外《いがい》な返答《へんとう》に、ノアはなんだか呆気《あっけ》に取《と》られてしまった。

「しかし、夢《ゆめ》を追《お》いかけるためにここまでやるなんてな」

「現実《げんじつ》はいつも希有《けう》なものなのです！」

「あの……探偵《たんてい》さん」

これにて一件落着《いっけんらくちゃく》とばかりに、カトリーが決《き》めのセリフを声高《こわだか》に叫《さけ》んだのもつかの間《ま》、アンディが表情《ひょうじょう》を引《ひ》き締《し》めて硬《かた》い声《こえ》を出《だ》した。

「できれば、このことは誰《だれ》にも話《はな》さないでもらえませんか。もちろん、妻《つま》や仲間《なかま》の家族《かぞく》にも……」

「…………」

アンディのお願《ねが》いに、しかしカトリーは返事《へんじ》をしなかった。

「研究《けんきゅう》を成功《せいこう》させるために、このままそっとしておいてもらいたいんです！」

さらにお願《ねが》いの言葉《ことば》を重《かさ》ねるアンディだったが、しかしカトリーは肩《かた》を落《お》として首《くび》を横《よこ》に振《ふ》った。

「……残念《ざんねん》ながら、もう手遅《ておく》れです」

「えっ？」

カツン、と地下施設《ちかしせつ》に硬《かた》い靴音《くつおと》が響《ひび》いた。

ハッとして振《ふ》り返《かえ》る研究者《けんきゅうしゃ》たち。

そこにいたのは——。

「リブ!?」

カトリーにゾンビのナゾの解明《かいめい》を依頼《いらい》したアンディの妻《つま》、リブ・マーチンがそこに立《た》っていた。

「……話《はなし》は全部《ぜんぶ》聞《き》いていたわ」

「す、すまないリブ！」

ただならぬリブの様子《ようす》に、アンディは何《なに》はなくとも真《ま》っ先《さき》に謝《あやま》った。

「君《きみ》に迷惑《めいわく》をかけたくない一心《いっしん》で……」

「迷惑《めいわく》って何《なに》よ……」

「え……？」

直後《ちょくご》、ビタァァァァアン！　と鋭《するど》いビンタがアンディの頬《ほお》を強打《きょうだ》した。

「ヒイイイイイイッ！」

あまりに激《はげ》しいリブのビンタに、見《み》ていたノアとシャーロがびっくりしておののいた。

「私《わたし》が何《なに》に対《たい》して怒《おこ》っているかわかる？」

アンディが床《ゆか》に倒《たお》れるほど強烈《きょうれつ》な一撃《いちげき》をお見舞《みま》いしてもなお怒《いか》りが収《おさ》まらないのか、リブが声《こえ》を荒《あら》らげた。

「……僕《ぼく》が死《し》んだと嘘《うそ》をついたことかい？」

「それもそうだけど！　やっぱりアンディは、私《わたし》より仕事《しごと》の方《ほう》が大事《だいじ》なの⁉」

「それは誤解《ごかい》です、リブさん！」

怒《いか》り心頭《しんとう》のリブの様子《ようす》に、研究員《けんきゅういん》の1人《ひとり》が堪《たま》らずに割《わ》って入《はい》った。

「アンディはアナタとの約束《やくそく》を守《まも》るために……！」

「バカ！　まだ言《い》うな！」

アンディが、慌《あわ》てた様子《ようす》で自分《じぶん》をかばってくれた研究員《けんきゅういん》の言葉《ことば》を遮《さえぎ》った。

「し、しかし……」

「……どういうこと？」

口《くち》ごもる研究員《けんきゅういん》だったが、もはや隠《かく》し通《とお》せるものではなかった。リブがしっかりと聞《き》いていたからだ。

「いや……」

それでもアンディは誤魔化《ごまか》そうとするが、それをリブは許《ゆる》さなかった。

「教《おし》えて」

「……君《きみ》は忘《わす》れているかもしれないが……」

アンディは、観念《かんねん》したように重《おも》い口《くち》を開《ひら》いた。

それは今《いま》から20年《ねん》も前《まえ》のことだった——。


……✦……


20年《ねん》も前《まえ》となれば、リブもアンディもまだ子供《こども》だ。その頃《ころ》から2人《ふたり》は知《し》り合《あ》いで仲良《なかよ》しだった。

あれはどこだったか、詳《くわ》しい場所《ばしょ》は覚《おぼ》えていないが、リブの家族《かぞく》とアンディの家族《かぞく》が、泊《と》まりがけのキャンプに行《い》ったときだっただろうか。

月明《つきあ》かりが眩《まぶ》しい夜《よる》だった。木々《きぎ》が茂《しげ》り、緑《みどり》の芝《しば》が地面《じめん》を覆《おお》う丘《おか》で、夜空《よぞら》を眺《なが》めていたときのことだ。

「ねぇねぇ、リブ。僕《ぼく》ね、大《おお》きくなったらリブをお嫁《よめ》さんにする！」

アンディからの突然《とつぜん》のプロポーズ。

リブは一瞬《いっしゅん》、何《なに》を言《い》われたのかわからなかったけれど、すぐに言葉《ことば》の意味《いみ》を呑《の》み込《こ》んだ。

「ええっ⁉　結婚《けっこん》するの、私《わたし》たち⁉」

「うん！」

驚《おどろ》くリブに、アンディは自信満々《じしんまんまん》に答《こた》えた。

「結婚《けっこん》してくれたら、僕《ぼく》がリブの夢《ゆめ》、叶《かな》えてあげる！　リブが行《い》きたい場所《ばしょ》、どこにだって連《つ》れていってあげるよ！」

根拠《こんきょ》はないが、アンディは大好《だいす》きなリブのためならなんでもできるとばかりに宣言《せんげん》した。

「リブ、どこに行《い》きたい？」

「……じゃあ……」

リブは、ゆっくりと夜空《よぞら》を指《ゆび》さした。

「あそこ！」

「え？」

リブが指《ゆび》さしたのは、夜空《よぞら》でこうこうと輝《かがや》く大《おお》きなお月様《つきさま》だった。

「月《つき》に行《い》って、アンディと地球《ちきゅう》を見《み》てみたい！」

「……わかった。じゃあ、約束《やくそく》！」

アンディは、夜空《よぞら》の月《つき》を指《ゆび》さすリブの手《て》をぎゅっと握《にぎ》って誓《ちか》いを立《た》てた。

「ロケットを作《つく》って、リブをあそこへ連《つ》れていくね！」

それは幼《おさな》かったアンディが大《おお》きな夢《ゆめ》を持《も》つ、きっかけになった出来事《できごと》でもあった。


……　✦　……


「子供《こども》の馬鹿《ばか》な夢《ゆめ》なのかもしれない……。でも僕《ぼく》は！　どうしても君《きみ》の願《ねが》いを叶《かな》えたい！」

アンディは、声《こえ》を震《ふる》わせて打《う》ち明《あ》けた。大人《おとな》になっても、結婚《けっこん》しても、子供《こども》の頃《ころ》に交《か》わした夢物語《ゆめものがたり》のような約束《やくそく》を果《は》たそうとしていることを。

「それが僕《ぼく》の、生《い》きがいでもあるのだから」

「……私《わたし》に、こんな淋《さび》しい思《おも》いをさせて……何《なに》が生《い》きがいよ、バカ」

声《こえ》を震《ふる》わせ、目《め》には涙《なみだ》をためて、リブが言《い》う。

「リブ……ごめん。ホントにごめん！」

涙《なみだ》を流《なが》すリブの姿《すがた》に、アンディはようやく自分《じぶん》の間違《まちが》いに気《き》づいた。20年《ねん》も昔《むかし》、幼《おさな》い頃《ころ》に交《か》わした約束《やくそく》を理由《りゆう》にして、最愛《さいあい》の妻《つま》にどれほど淋《さび》しい思《おも》いをさせていたのかを。

大切《たいせつ》にすべきだったのは、昔《むかし》からの夢《ゆめ》などではなく、今《いま》を一緒《いっしょ》に生《い》きるリブだったのだ。

「アンディ」

涙《なみだ》を流《なが》すリブが、感極《かんきわ》まったようにアンディに抱《だ》きついた。

「生《い》きてて……良《よ》かった……！」

こうして抱《だ》きつけるのが夢《ゆめ》や幻《まぼろし》ではないと確《たし》かめるように、リブはさらに力《ちから》を込《こ》めてアンディを抱擁《ほうよう》した。

「リブ……」

そんなアンディもまた、リブを強《つよ》く抱《だ》きしめるのだった。

4

ゾンビのナゾを解明《かいめい》してから数日《すうじつ》が経《た》った。

「お疲《つか》れさまで〜す」

カトリーとシャーロが事務所《じむしょ》でくつろいでいると、そこにノアが現《あらわ》れた。

「お」

「ノア君《くん》、今日《きょう》はいつもより遅《おそ》いわね」

「大学《だいがく》の帰《かえ》りに、アンディさんのロケット施設《しせつ》を見学《けんがく》してきたんですよ」

新聞《しんぶん》を読《よ》みながら声《こえ》だけをかけてきたカトリーに、ノアが答《こた》えた。

「へえ、ロケット完成《かんせい》しそう？」

ノアの話《はなし》に興味《きょうみ》を持《も》ったのか、カトリーは新聞《しんぶん》をたたんで話《はなし》を続《つづ》けた。

「すると思《おも》いますよ？　人数《にんずう》も増《ふ》えてきましたし」

「ん？」

不思議《ふしぎ》そうに首《くび》を傾《かし》げるカトリーに、ノアは研究施設《けんきゅうしせつ》で見《み》たことを説明《せつめい》した。

……　✦　……


「アンディ、テストの結果《けっか》はどうだった？」

「まずまずだな。もう少《すこ》し改良《かいりょう》したいところだが……」

アンディから許可《きょか》をもらって、実際《じっさい》に作業《さぎょう》をしている風景《ふうけい》を見《み》せてもらえることになったノアは、熱心《ねっしん》な研究員《けんきゅういん》たちの姿《すがた》に感心《かんしん》していた。

その集中力《しゅうちゅうりょく》はさすがというべきか、どこもかしこも『ロケット完成《かんせい》』という目的《もくてき》に向《む》かってほどよい緊張感《きんちょうかん》が漂《ただよ》っていた……と、そこへかかる声《こえ》。

「みんなーっ！　お昼《ひる》できたわよ～！」

そんな声《こえ》が聞《き》こえるや否《いな》や、作業《さぎょう》の手《て》はストップし、お昼休《ひるやす》みになった。

ノアも「せっかくだから」と招待《しょうたい》を受《う》けると、テーブルの上《うえ》には美味《おい》しそうな料理《りょうり》の数々《かずかず》が用意《ようい》されていた。

「おお～っ！」

感動《かんどう》したような声《こえ》が、研究員《けんきゅういん》たちから上《あ》がる。

「どんどん食《た》べてね！」

そんな料理《りょうり》を用意《ようい》したのは、とても研究員《けんきゅういん》には見《み》えない女性《じょせい》たちだ。そんな中《なか》にはリブの姿《すがた》もあった。

「あの方《かた》たちは？」

お昼《ひる》の料理《りょうり》をお裾分《すそわ》けしてもらいながら、ノアはアンディに尋《たず》ねた。

「ここにいる研究員《けんきゅういん》たちの奥《おく》さんです」

「えっ？」

「実《じつ》は、みんなもあれから家《いえ》に戻《もど》って、奥《おく》さんたちにロケットのことを話《はな》したんです。そしたら皆《みな》さん、手伝《てつだ》いをしたいと言《い》ってくれて……」

それで女性《じょせい》の数《かず》が増《ふ》えたのかと、ノアは納得《なっとく》した。

まるで立食《りっしょく》パーティみたいなその場《ば》では、「うまい！」とか「君《きみ》の料理《りょうり》は最高《さいこう》だ！」なんて声《こえ》がもれ聞《き》こえてくる。

「で、今《いま》どのくらい完成《かんせい》しているの？」

奥《おく》さんたちの料理《りょうり》を分《わ》けてもらい、ノアがアンディと話《はなし》をしていると、そこにリブが興《きょう》味深《みぶか》そうに研究《けんきゅう》の進行具合《しんこうぐあい》を聞《き》いてきた。

「ああ、見《み》せてあげるよ」

アンディは自信満々《じしんまんまん》な様子《ようす》。

研究施設内《けんきゅうしせつない》の作業台《さぎょうだい》に掛《か》けてある布《ぬの》を手《て》に取《と》り、一気《いっき》に取《と》り除《のぞ》いた。

「じゃ〰〰〰ん！」

そこにあったのは、なんだか両手《りょうて》で持《も》てそうなくらいのパイプらしきものをくっつけた、小《ちい》さな部品《ぶひん》。

「……え？　これだけ？　……あれは？」

自信満々《じしんまんまん》に見《み》せられた部品《ぶひん》に困惑《こんわく》しつつ、リブは研究施設内《けんきゅうしせつない》で存在感《そんざいかん》を放《はな》つ組《く》み立《た》て途《と》中《ちゅう》のロケットを指《ゆび》さした。

「あれは失敗作《しっぱいさく》さ。ガラクタなんだよ。処分《しょぶん》もできなくてね」

はっはっは、と照《て》れ笑《わら》いをしながらアンディは告白《こくはく》する。

「ま、失敗《しっぱい》は成功《せいこう》のもとって言《い》うし、戒《いまし》めにちょうどいい――」

「遅《おそ》い！」

突然《とつぜん》……いや、ノアにしてみれば「当然《とうぜん》だよね」と思《おも》うが……リブが怒《いか》り心頭《しんとう》にアンディを怒鳴《どな》りつけた。わざわざ死《し》んだことに偽装《ぎそう》しておいてまで、この進捗状況《しんちょくじょうきょう》では怒《おこ》りたくもなるというものだ。

「もっと死《し》ぬ気《き》でロケット作《つく》りなさい!!　ご飯《はん》食《た》べたら急《きゅう》ピッチで働《はたら》くのよ！」

「はっ、はいぃぃぃぃぃぃ!!」

アンディだけでなく、他《ほか》の研究員《けんきゅういん》たちも真《ま》っ青《さお》になってリブの言葉《ことば》に頷《うなず》くのだった。


……　◆　……


「とまぁ、こんな感《かん》じで……」

「……それはそれで大変《たいへん》そうだな……」

ノアの話《はなし》に、シャーロが同情《どうじょう》するような声《こえ》で言《い》った。

「でも、早《はや》くロケット完成《かんせい》させてほしいなー」

カトリーは、どこか未来《みらい》に思《おも》いを馳《は》せるように、目《め》を輝《かがや》かせた。

「そしたらさ、レイトン探偵社《たんていしゃ》の月面支部《げつめんしぶ》を作《つく》って、月《つき》で起《お》こった宇宙的連続殺人事件《うちゅうてきれんぞくさつじんじけん》を華麗《かれい》に解決《かいけつ》しちゃうの！」

「無理《むり》に決《き》まってんだろ！　話《はなし》が飛《と》びすぎなんだよ！」

カトリーにツッコミを入《い》れて、シャーロはピンときた。

「ロケットだけにな！」

「うわー……」

あまりの親父《おやじ》ギャグに、カトリーはシャーロに白《しろ》い目《め》を向《む》けた。

「大《たい》してうまくない……。ジョークが犬《いぬ》レベル」

「犬《いぬ》レベルってなんだ!?　犬《いぬ》だけに、レベルワンとでも言《い》いたいのか！」

「お、おお……」

「中途半端《ちゅうとはんぱ》なリアクションやめろ！」

必死《ひっし》なシャーロの様子《ようす》に、カトリーとノアはぷぷっと噴《ふ》き出《だ》し、大《おお》きな笑《わら》い声《ごえ》を上《あ》げた。

②巻《かん》へつづく

Shogakukan Junior Bunko

★小学館ジュニア文庫★
レイトン ミステリー探偵社 ～カトリーのナゾトキファイル～①

2018年 7 月 4 日　初版第 1 刷発行
2019年 3 月25日　　第 3 刷発行

著者／氷川一歩
原作／日野晃博
原案・監修／レベルファイブ

発行人／細川祐司
編集人／筒井清一
編集／藤谷小江子

発行所／株式会社　小学館
〒101-8001　東京都千代田区一ツ橋２－３－１
電話　編集　03-3230-5613
　　　販売　03-5281-3555

印刷・製本／中央精版印刷株式会社

デザイン／本間美里＋ベイブリッジスタジオ

Printed in Japan　　ISBN 978-4-09-231241-8

★「小学館《しょうがくかん》ジュニア文庫」を読んでいるみなさんへ★

この本《ほん》の背《せ》にあるクローバーのマークに気《き》がつきましたか?

オレンジ、緑《みどり》、青《あお》、赤《あか》に彩《いろど》られた四《よ》つ葉《ば》のクローバー。これは、小学館《しょうがくかん》ジュニア文庫《ぶんこ》のマークです。そして、それぞれの葉《は》の色《いろ》には、私《わたし》たちがジュニア文庫《ぶんこ》を刊行《かんこう》していく上《うえ》で、みなさんに伝《つた》えていきたいこと、私《わたし》たちの大切《たいせつ》な思《おも》いがこめられています。

オレンジは愛《あい》。家族《かぞく》、友達《ともだち》、恋人《こいびと》。みなさんの大切《たいせつ》な人《ひと》たちを思《おも》う気持《きも》ち。まるでオレンジ色《いろ》の太陽《たいよう》の日差《ひざ》しのように心《こころ》を暖《あたた》かにする、人《ひと》を愛《あい》する気持《きも》ち。

緑《みどり》はやさしさ。困《こま》っている人《ひと》や立場《たちば》の弱《よわ》い人《ひと》、小《ちい》さな動物《どうぶつ》の命《いのち》に手《て》をさしのべるやさしさ。緑《みどり》の森《もり》は、多《おお》くの木々《きぎ》や花々《はなばな》、そこに生《い》きる動物《どうぶつ》をやさしく包《つつ》み込《こ》みます。

青《あお》は想像力《そうぞうりょく》。芸術《げいじゅつ》や新《あたら》しいものを生《う》み出《だ》していく力《ちから》。立場《たちば》や考《かんが》え方《かた》、国籍《こくせき》、自分《じぶん》とは違《ちが》う人《ひと》たちの気持《きも》ちを思《おも》い、協力《きょうりょく》しあうことも想像《そうぞう》の力《ちから》です。人間《にんげん》の想像力《そうぞうりょく》は無限《むげん》の広《ひろ》がりを持《も》っています。まるで、どこまでも続《つづ》く、澄《す》みきった青《あお》い空《そら》のようです。

赤《あか》は勇気《ゆうき》。強《つよ》いものに立《た》ち向《む》かい、間違《まちが》ったことをただす気持《きも》ち。くじけそうな自分《じぶん》の弱《よわ》い気持《きも》ちに立《た》ち向《む》かうことも大《おお》きな勇気《ゆうき》です。まさにそれは、赤《あか》い炎《ほのお》のように熱《あつ》く燃《も》え上《あ》がる心《こころ》。

四《よ》つ葉《ば》のクローバーは幸《しあわ》せの象徴《しょうちょう》です。愛《あい》、やさしさ、想像力《そうぞうりょく》、勇気《ゆうき》は、みなさんが未来《みらい》を切《き》りひらき、幸《しあわ》せで豊《ゆた》かな人生《じんせい》を送《おく》るためにすべて必要《ひつよう》なものです。

体《からだ》を成長《せいちょう》させていくために、栄養《えいよう》のある食《た》べ物《もの》が必要《ひつよう》なように、心《こころ》を育《そだ》てていくためには読書《どくしょ》がかかせません。みなさんの心《こころ》を豊《ゆた》かにしていく本《ほん》を一冊《さつ》でも多《おお》く出《だ》したい。それが私《わたし》たちジュニア文庫編集部《ぶんこへんしゅうぶ》の願《ねが》いです。

みなさんのこれからの人生《じんせい》には、困《こま》ったこと、悲《かな》しいこと、自分《じぶん》の思《おも》うようにいかないことも待《ま》ち受《う》けているかもしれません。どうか「本《ほん》」を大切《たいせつ》な友達《ともだち》にしてください。どんな時《とき》でも「本《ほん》」はあなたの味方《みかた》です。そして困難《こんなん》に打《う》ち勝《か》つヒントをたくさん与《あた》えてくれるでしょう。みなさんが「本《ほん》」を通《つう》じ素敵《すてき》な大人《おとな》になり、幸《しあわ》せで実《みの》り多《おお》い人生《じんせい》を歩《あゆ》むことを心《こころ》より願《ねが》っています。

小学館ジュニア文庫編集部